源氏物語五十四帖　現代語訳

紫式部の物語る声［三］

花散里・須磨・明石・澪標・蓬生・関屋

原作　紫式部
現代語訳　月見よし子

幻冬舎MC

源氏物語五十四帖　現代語訳

紫式部の物語る声［三］

花散里・須磨・明石・澪標・蓬生・関屋

まえがき

「『源氏物語』は、世界最高峰の文学である」

この言葉を胸に、『源氏物語』を読み始めて、気がつけば、三十年の歳月が流れました。当初、何が書かれているのか、まったく知らず、頭の中は、真っ白な画用紙のようだったと記憶しています。今思えば、「千年の歳月を生き残っている理由を知りたい」、その興味が出発点でした。まったくの素人である私が、書籍を出版する烏滸《おこ》がましさを感じながらも、原文を一言一句、色鉛筆を使い、言葉を可視化する手法で読み解く、「源氏物語原文分解分類法」を、独学で編《あ》み出し、それゆえに見える、「紫式部の眼《まなこ》」による、この世の中を俯瞰《ふかん》する視点の緻密《ちみつ》さに驚き、二十一世紀を生きる、日本人女性の一人として、生活目線で体当たりした軌跡《きせき》を、お伝えさせて頂きたく、挑戦した次第です。

本書は、前著『源氏物語五十四帖　紫式部の眼《まなこ》』に基づき、現代語訳をしております。既刊『源氏物語原文分解分類法　心の宇宙の物語　千年の時を超えて』の改訂新版です。

原文は、膨大《ぼうだい》な量で、複雑で、古語は外国語にさえ思えることがあります。しかし、一言一句、丁寧に読み進めると、紫式部は、七十年の歳月、五百人を超える登場人物の関係性によって作り出される物語世界を、理路整然《りろせいぜん》と語っていることが伝わってきます。その世界観を、言葉で表現することは、とても難しいのですが、敢《あ》えて言うならば、「森羅万象《しんらばんしょう》を、人類《じんるい》の普遍《ふへん》的価値観《てきかちかん》で洞察《どうさつ》し、言葉で表現している」、そのような感覚でしょうか。紫式部は、この世のすべてを言葉で表現することに挑《いど》み、千年の時を超えて、人間として「生きる意味」を、後世の私達に伝えています。紫式部にとって、千年先は、永遠にも思えたことでしょう。その永遠の先を、現代の私達は、見つめながら生きています。紫式部の視点に立って物語を読み進める時、それまでの千年の日本の歴史が蘇《よみがえ》ると同時に、彼女の死後、現代に至る千年の日本の歴史が、まざまざと浮かび上がって来ます。物語を通して、二千年の日本の歴史を体感することができます。

彼女は、自分の死後の、千年の日本の歴史について、知るはずもなく、物語には、勿論《もちろん》、反映されていません。読者である私達は、まずは、千年の歳月を飛び超えて、彼女の生きた時代、生活環境、物語に書かれている世界に没入し、真っ白な心で向き合うことが大切です。評価や論評は、物語に書かれていることを読み、理解した上での話です。まずは、純粋な気持ちで、物語世界をご一緒に、お楽しみ頂ければ幸いです。

五十四帖を、色分けしながら、分解・分類し、俯瞰《ふかん》して読み解いた結果、『源氏物語』の設計図、文体、構造、目的……、様々なことが分かって来ました。例として、幾《いく》つか項目に挙げたいと思います。

・『源氏物語』は、「紫式部の物語る声」。
・五十四帖は、首尾一貫《しゅびいっかん》した一連《いちれん》の物語。
・物語の「結末」は、「冒頭」に回帰《かいき》する。
・「五十四帖人物相関図」……一枚展開図作成。
・「五十四帖序章《じょしょう》」……「桐壺」「帚木」「空蟬」「夕顔」四帖、序章である根拠。
・「雨夜《あめよ》の品定《しなさだ》め」……『源氏物語』の設計図である根拠。
・「雲隠《くもがくれ》」の巻……源氏の虚無《きょむ》の人生を断罪《だんざい》し、白紙とされた根拠。
・「我は我」……人は「自分」を、どのように獲得《かくとく》し、「生きる意味」とは何か。
・学問・政治・経済・宗教・生活・文化・自然・地名……多角的考察。
・歴史上の人名・事実・文献……多角的考察。

本書は、「紫式部の物語る声」を、感じ取りながらの現代語訳です。話し言葉を、書き言葉で表現することの難しさを感じております。読者の皆様に、五十四帖の物語が、一連の流れである構造をお伝えするために、書き方に工夫をしております。紫式部、登場人物、訳者の立ち位置を意識して、読み進めて下さい。

会話の「」記号表記の他に、内心描写にも「」を使用しています。また、紫式部の著者としての言葉は〈〉、現代語訳者である私の言葉には（読者として……）と表記し、言葉の意味を、明確にご理解して頂けるように心掛けました。また、文体は、音読に適《かな》う文章を、できる限り目指しました。声を出しながら、味わって頂ければ幸いです。

最高峰が、社会に及ぼす影響力の裾野《すその》は広いと実感しています。千年の歳月、日本人は、無意識のうちにも、『源氏物語』に描かれる様々な事象から、影響を受けて生活していることに気が付きます。一方で、これまでの源氏物語解釈には、見落としや誤解、間違いの多かったことにも気が付きます。

『万葉集《まんようしゅう》』で万葉仮名《まんようがな》が生み出され、草仮名《そうがな》から平仮名《ひらがな》が確立し、平安時代中期、紫式部は、世界最高峰の文学を書き残しました。すべての日本人の皆様にとって、共に味わうことのできる、千年の時を超えた、「宝玉《ほうぎょく》文学遺産」であると、実感、確信しております。

紫式部の願いは、物語が、読む人の悲しみを生きる力に変え、人生の道標《みちしるべ》となることであったと感じています。『源氏物語五十四帖　現代語訳　紫式部の物語る声』、最後まで辿《たど》り着けるか、挑戦ではありますが、お付き合い頂けましたら幸いでございます。

尚、独学により、原文は、『新編日本古典文学全集源氏物語①～⑥』（小学館）、言葉の意味については、『広辞苑』（岩波書店）及び、『全訳読解古語辞典』（三省堂）を、使用させて頂きました。日本の長い歴史で築き上げられた日本語の、言語としての尊い価値にも感謝申し上げる次第です。心より御礼申し上げます。

現代語訳者　月見よし子

『源氏物語五十四帖現代語訳　紫式部の物語る声［三］』発刊に寄せて

源氏物語現代語訳、第三巻を発刊させて頂く運びとなりました。時世の変化の中で、源氏は、右大臣一族の権勢を恐れ、京の都を退去して須磨《すま》の浦に向かうことを自ら決意します。表向きは、兄帝に仕える朧《おぼろ》月夜《づきよ》との関係を罪《つみ》に見せかけていますが、内心は、藤壺との秘事の罪の露見《ろけん》を恐れての策略《さくりゃく》です。須磨では、嵐の最中《さなか》、故父院が夢に現れて諭《さと》され、願い通りに明石の浦へ行くことになります。明石では、明石入道《あかしのにゅうどう》との出会いから、その娘（後《のち》の妻明石の君）との間に女児を授《さず》かります。帰京後、宿曜《すくよう》（占《うらな》い）の予言を聞いた源氏は、女児を入内《じゅだい》させて后《きさき》に就《つ》けることが人生の目標となり、暗黙のうちに明石入道の野望と結託《けったく》して、物語展開の軸となって行きます。

『広辞苑』によると、「文学」は、「学問。学芸。詩文に関する学術。想像の力を借り、言語によって外界《がいかい》および内界《ないかい》を表現する芸術作品」と記載《きさい》されています。日本の千年の歴史を生き残った『源氏物語』は、正《まさ》に、人間の外界（まわりの世界）と内界（心の中の世界）を洞察する、「文学」の極みを目指す芸術作品であると感じます。

主人公源氏は、幼少期に「光る君」と呼ばれたことから、人々から「源氏の光る君」などと慕《した》われますが、その内心には、藤壺との秘事の罪を抱え、さらに、その人格設定は、「光」とは真逆の「闇《やみ》」に描かれていることに気付きます。周囲の人々を言葉巧《たく》みに翻弄《ほんろう》する人生で、中でも、妻である紫の上を裏切り続ける描写は、読者として、物語の本筋を見失わないためにも、特に見逃さないように意識することが重要となります。

『源氏物語』は、「主人公である光源氏の物語」ではありません。「主人公である光源氏を取り巻く人々の悲しみの物語」です。物語を俯瞰《ふかん》する時、「万事《ばんじ》、嘘《うそ》は悲劇《ひげき》のはじまり」であることに気付きます。源氏の嘘の一言《ひとこと》が源《みなもと》となって、人々に影響を及ぼしながら、物語は一連の流れで展開して行きます。

『源氏物語原文』の複雑で難解な理由として、主語の分かりにくさが挙《あ》げられます。人物名が明記《めいき》されず、敬語で人物の関係性を表していること、また、身分名で個人を表すことが多く、時の流れとともに昇進などで変化するので、その時点における個人を特定する難しさもあります。しかし、「源氏物語原文分解分類法」の視点で、一語一語、文章を細分化し、日本語の構造を感じながら登場人物の立ち位置を把握《はあく》すると、登場人物の内心描写と外見描写を読み取ることができます。さらに、筆者紫式部自身の言葉であると感じる台詞《せりふ》に気付く時、原文が、「紫式部の物語る声」であると確信することができるのです。身分の高い登場人物に対して、語り手の立場として使用している敬語があるために、より一層、複雑さを感じる文章になっています。現代語訳においては、敬語を、できる限り省《はぶ》いています。登場人物の立ち位置や心情を重視し、読み手が物語の世界に集中し、物語の場面描写や流れを理解し易《やす》くなるように心掛けました。

読者として、「物語は舞台上の演劇である」と思いながら、読み進める感覚を大切にしています。その際、決して、舞台には上がらないように注意しています。あくまでも、客席の後方《こうほう》中央の監督席に座る紫式部の傍《そば》で、舞台全体を眺める感覚です。

紫式部は、この物語の原作者であり脚本家。さらに語り手となって、観客に解説を加えながら、物語のすべてを表現しています。「森羅万象を語りの文学で表現する総合芸術作品」。そのような観点で、物語を楽しんでいます。

なぜ、舞台に上がってはいけないのか。それは、読み手自身が、登場人物の一員になってしまうからです。登場人物と一緒になって、目の前に見える事象だけに心を奪われると、論評しながらも右往左往して、結局は、物語世界の中で、迷路に陥《おちい》ってしまいます。常に、時間の流れを感じながら、物語全体を俯瞰しています。

紫式部は、天《てん》の眼《まなこ》で物語世界を創作しています。それは、まるで盃《さかずき》の中の物語。人間社会は、どのように流転《るてん》し、人々は、悲喜こもごも人生を生きているのか。盃の中を覗《のぞ》き込んで、蠢《うごめ》く流れを見に行くような、旅をする感覚で、物語をお楽しみ頂ければ幸いです。

二〇二三（令和五）年十二月

現代語訳者　月見よし子

目次

まえがき 3
『源氏物語五十四帖現代語訳　紫式部の物語る声［三］』発刊に寄せて 8
源氏物語原文五十四帖構成分類 14
源氏物語原文分解分類法①～⑱ 16
十一　花散里《はなちるさと》 19
十二　須磨《すま》 31
十三　明石《あかし》 123
十四　澪標《みおつくし》 213
十五　蓬生《よもぎう》 287
十六　関屋《せきや》 333

あとがき　346
参考文献　348

源氏物語原文五十四帖構成分類

〈序　章〉桐壺《きりつぼ》・帚木《ははきぎ》・空蟬《うつせみ》・夕顔《ゆうがお》

〈本　編〉（一）若紫《わかむらさき》・末摘花《すえつむはな》・紅葉賀《もみじのが》・花宴《はなのえん》・葵《あおい》・賢木《さかき》・花散里《はなちるさと》・須磨《すま》・明石《あかし》・澪標《みおつくし》・蓬生《よもぎう》・関屋《せきや》・絵合《えあわせ》・松風《まつかぜ》・薄雲《うすぐも》・朝顔《あさがお》

（二）少女《おとめ》・玉鬘《たまかずら》・初音《はつね》・胡蝶《こちょう》・蛍《ほたる》・常夏《とこなつ》・篝火《かがりび》・野分《のわき》・行幸《みゆき》・藤袴《ふじばかま》・真木柱《まきばしら》・梅枝《うめがえ》・藤裏葉《ふじのうらば》

（三）若菜《わかな》（上下）・柏木《かしわぎ》・横笛《よこぶえ》・鈴虫《すずむし》・夕霧《ゆうぎり》・御法《みのり》・幻《まぼろし》・雲隠《くもがくれ》

（四）匂宮《におうのみや》・紅梅《こうばい》・竹河《たけかわ》

〈宇治十帖〉（一）橋姫《はしひめ》・椎本《しいがもと》・総角《あげまき》・早蕨《さわらび》・宿木《やどりぎ》

（二）東屋《あずまや》・浮舟《うきふね》・蜻蛉《かげろう》・手習《てならい》・夢浮橋《ゆめのうきはし》

※文献によっては、「若菜」を「若菜（上）」「若菜（下）」と分けて二帖とし、白紙の「雲隠」を含めずに五十四帖として解釈しているものもありますが、私は、「若菜（上下）」を一帖とし、「雲隠」を含めて五十四帖と解釈しています。

※〈序章〉の位置付けと、〈本編〉〈宇治十帖〉の分類は、私の独自の考え方によるものです。次の視点で五十四帖を考察しています。

〈序　章〉源氏物語導入部

〈本　編〉源氏物語展開部
（一）源氏青年期　（二）源氏壮年期　（三）源氏晩年期　（四）源氏死後

〈宇治十帖〉源氏物語集成部
（一）薫と匂宮物語　（二）浮舟物語

源氏物語原文分解分類法①～⑱

「源氏物語原文分解分類法①～⑱」をご紹介します。『源氏物語』の世界を、この①～⑱の視点で、分解・分類しながら読み進めると、「紫式部の心の宇宙」が見えてきます。

①物語の場面設定
②物語の中心軸「源氏の光と闇」
③登場人物の外見
④登場人物の内心
⑤言葉の二面性
⑥人間関係と問題点
⑦紫式部の評論と人生観

⑧学問——読書始《ふみはじめ》・大和魂・大学など

⑨政治——朝廷・世の政《まつりごと》・身分など

⑩経済——庄・牧・巻・装束・布・引出物・禄など

⑪宗教——神仏・祈禱《きとう》・祭・祓《はらえ》・修法《ずほう》・誦経《ずきょう》・願・神事・宿曜《すくよう》・方違《かたたが》えなど

⑫生活——衣・食・住・子育て・生活雑貨・病・死など

⑬文化——歌・書・絵・紙・琴・笛・香・碁・舞・鞠《まり》・調度品など

⑭自然——草木花・山川海・空雲風・虫魚鳥・動物・天候・季節・天体など

⑮地名——日本《ひのもと》・大和《やまと》の国・大八洲《おおやしま》・宮城野《みやぎの》・武蔵野・筑波嶺《つくばね》・富士山など

⑯歴史上の人名——聖徳太子《しょうとくたいし》・伊勢《いせ》・紀貫之《きのつらゆき》・小野道風《おののみちかぜ》など

⑰歴史上の事実——楊貴妃《ようきひ》の例《ためし》・宇多帝《うだのみかど》の御誡《いましめ》など

⑱歴史上の文献——日本紀《にほんぎ》・かぐや姫の物語・三史五経《さんしごきょう》・長恨歌《ちょうごんか》・史記《しき》など

十一　花散里《はなちるさと》

［一］

源氏は、人知れず、自分の心のままにとった行動からの苦しみ（藤壺との秘事の罪）を、常に抱えているようである。このように、父院の崩御《ほうぎょ》により時世《じせい》は変わり、右大臣家の権勢は増して、ただでさえ煩《わずら》わしいのに、心の乱れることばかりが増えてゆく。何とも心細く、世の中の全てが厭《いと》わしくなると、いざ出家を考えてはみるものの、そうもいかない絆《ほだし》も多いのであった。

麗景殿女御《れいけいでんのにょうご》（故父院の妃）と呼ばれる方がいる。皇子や皇女はおられず、父院亡き後《あと》、ますます寂しいご様子である。ただ、この大将殿《たいしょうどの》（源氏）の心遣いを頼りに暮らし、生活の苦しさは隠されているようである。

源氏は以前、この女御の妹三の君（花散里）に、束《つか》の間《ま》ではあるものの、宮中の辺りでちょっと出会ったことがあった。例の心に残る執着する性分から、今でも忘れられず、だからと言って、改まった扱いをすることもなかったが、三の君の方でも、女心に物思いの限りを尽くして過ごしていた。

ところが、近頃、源氏は、何もかも心の乱れることばかりで、この世の悩みの種《くさ》（原因）の一つとして三の君を思い出すと、我慢できなくなり、珍しく五月雨《さみだれ》の空が晴れた日、雲の絶《た》え間《ま》に訪ねることにした。

［二］

源氏は、たいして装束に気を遣いもせず、目立たぬ恰好《かっこう》で、先払《さきばら》いもさせずに忍んで出掛けた。

途中、中川《なかがわ》（京極川《きょうごくがわ》）の辺りを通り過ぎたところで、木立《こだち》などに風情のある小さな邸《やしき》があった。音色《ねいろ》の良い琴《こと》を、東琴《あずまごと》（和琴、日本古来の琴）の調子にして、賑《にぎ》やかに弾《ひ》いているのが聞こえてくる。源氏は、それを耳にすると、門に近い辺りから音がするので、少し牛車《ぎっしゃ》から身を乗り出して、中の様子を窺《うかが》った。大きな桂《かつら》の木に追《お》い風《かぜ》が吹きつけている。葵祭《あおいまつり》の頃を思い出す。何とも言えない風情に、

源氏（内心）「一度、出会ったことのある女の家だ」

と、思い出し、じっとしていられなくなる。

源氏（内心）「あれから、随分《ずいぶん》と月日は経っているから、覚えていないだろうな」

と、思うと、気も引けるが、通り過ぎることもできずに躊躇《ためら》っていた。すると、丁度その時、ほととぎすが鳴きながら飛んで行った。あたかも、こちらの心をそそる鳴き方で、誘われるよう

に牛車を後戻《あともど》りさせる。例によって、惟光《これみつ》を使いにして、歌を詠《よ》んで伝えさせた。

源氏（伝言）　**をち返りえぞ忍ばれぬほととぎすほの語らひし宿《やど》の垣根に**
（あの時を思い出し、我慢できずに鳴いている、ほととぎすのような私です。ほんの少しですが、お会いしましたね。こちらの家の垣根を覚えています）

　寝殿と思われる建家《たてや》の西の端《つま》に、女房達が控えている。あの時にも聞いた覚えのある声である。惟光は、声《こわ》づくり（咳払《せきばら》い）をして、様子を窺いながら、源氏の歌を伝えた。若い女房達の気配《けはい》がして、こちらを不審《ふしん》に思っている様子である。

中川の女　**ほととぎす言問《ことと》ふ声はそれなれどあなおぼつかな五月雨の空**
（ほととぎすが訪れる時の声は、あの時と同じ様子ですが、さあ、どうだったかしら。五月雨《さみだれ》の空のように、はっきりとせず、分《わ》かり兼《か》ねます）

　惟光は、女が、わざとあれこれ考えている振りをしているのだと思い、
惟光「まあよい。『植《う》ゑし垣根も』（家を間違えたかもしれない）」

と、古歌を口ずさんで出て行った。

　女は、人知れず、惟光の意地悪《いじわる》な言葉に、憎らしさや悲しさを抱いていた。

〈女には、こうも憚《はばか》らねばならぬ訳《わけ》があったのだろうか。他に通《かよ》って来ている男がいるならば、当然のことである〉

源氏（内心）「このような中流の身分の女について言うならば、あの筑紫《つくし》の五節《ごせち》は、可愛らしかったものだ」

と、真っ先に思い出している。

（読者として……筑紫の五節は、後《のち》に、「須磨」［一六］で登場します）

〈源氏は、関《かか》わりを持った女について、どのような身分であっても忘れることはなく、思い出すと気持ちは休まらず、苦しくなる。年月を経ても、やはり、このように、一度関わった女については、情けをかけずにはおられない。それが却《かえ》って、多くの女達の物思いの種になるのである〉

［三］

源氏が最初に向かっていた所（麗景殿女御《れいけいでんのにょうご》と妹花散里の邸《やしき》）は、思っていた通りの有様であった。人の訪れもなく、静かな暮らしぶりで、見ているだけで、故父院の生前との違いを身に染みて感じる。

まず先に、女御の御方の住まいを訪ねた。昔の物語（思い出話）などをしているうちに、夜は更《ふ》けていった。二十日《はつか》の月が昇る。光が射《さ》し始めると、たいそう高い木立《こだち》の影は、どこまでも暗闇に見える。直《す》ぐ近くでは、橘《たちばな》の香《かおり》が懐《なつ》かしく匂《にお》っている。

麗景殿女御は、年を取っておられるものの、どこまでも気配りをされる、上品で可愛らしい方である。故院からの格別な寵愛こそ無かったものの、仲は睦《むつ》まじく、大切な方として扱われていた。源氏は、それを思い出すと、父帝の生前の様々な思い出が、次から次へと頭に浮かび、つい泣いてしまう。

ほととぎすの声がする。先ほど、中川の女の家の垣根で鳴いていた鳥だろうか。

源氏「『いかに知りてか』」（『古今和歌六帖』）

などと、古歌を密《ひそ》やかに口ずさんでいる。

源氏　「橘《たちばな》の香《か》をなつかしみほととぎす花散る里をたづねてぞとふ

（橘の香を懐かしみ、ほととぎすのような私は、こちらの花の散る邸を探し求めて、やってきました）

昔の忘れ難《がた》い思い出の慰《なぐさ》めには、やはり、こちらに参るべきでございました。このようにしていると、悲しみは紛《まぎ》れますが、また一方で、昔を懐かしく思う寂しさは増すものです。世の人とは、時勢に従うもので、昔の話を、ぽつぽつとでも、思い出しながら共に話のできる人は少なくなってゆきます。尚更《なおさら》、こちらでは、どれほど所在《しょざい》ない思いをされておられることでしょう」

と、言う。まったく、言っても仕方のない時世ではあるが、麗景殿女御は、たいそうしみじみと物事を深く考え続ける性分の方で、その人柄を感じるからか、源氏も、多くのことを思い出し、しみじみと心を動かされていた。

麗景殿女御　人目なく荒れたる宿は橘の花こそ軒《のき》のつまとなりけれ

（人の訪れもなく、荒れ果ててしまった邸ですが、橘の花だけは、軒端《のきば》に咲いて、貴方《あなた》をお迎え

したことでしょう）

と、それだけを歌に詠んだ。

源氏（内心）「故父院から、格別な寵愛こそなかったものの、やはり、他の妃よりも、素晴らしい方だったのだ」

と、思いながら比べている。

［四］

源氏は、西面《にしおもて》の部屋（花散里の住まい）を、さりげなく、人目につかないように覗《のぞ》いてみる。源氏の久方《ひさかた》ぶりの訪れと、その上、世にも稀《まれ》な美しい姿に、花散里は、会えずにいた寂しさを、忘れてしまったに違いない。

源氏は、花散里に、いつものように、あれやこれやと言葉巧みに、親《した》しく振る舞って語り掛けている。

〈下心が無いはずは無いだろう。仮初《かりそめ》であっても、結ばれた女方は、すべてありきたりの人ではなく、それぞれに魅力があり、情けなく思う人はいないのだろう。「花散里は感じの良い人で、互いに情けを交わしながら付き合っている様子である」とのことである〉

源氏（内心）「私の訪れの無い日々をつまらなく思う女は、いずれにせよ、他の男に心変わりするのが、世の性《さが》（世の習い）というものだ」

と、思い込んでいる。

あの垣根の家に住む中川の女も、そのような人であった。他の男に身の振《ふ》り方を変えた人なのだった。

（読者として……花散里と中川の女の二人の性格が、対照的に描かれていました。花散里は、穏やかな性格の人で、源氏の晩年まで話し相手となります。

筆者紫式部は、『万葉集』や『古今和歌集』などに思考を巡らしながら、登場人物の詠む歌を創作していることに気が付きます。

『万葉集』　　橘の花散る里のほととぎす片恋しつつ鳴く日しぞ多き
『古今和歌集』　五月まつ花橘の香をかげば昔の人の袖の香《か》ぞする
『古今和歌六帖』　いにしへのこと語らへばほととぎすいかに知りてか古声のする

原文を読みながら、ふと思い浮かべました。日本の唱歌『夏は来《き》ぬ』の歌詞です。垣根《かきね》、時鳥《ほととぎす》、橘《たちばな》、五月雨《さみだれ》などの言葉が使われて、五・七・五・七・七を、「夏は来ぬ」で、締《し》め括《くく》っています。『万葉集』から、『古今和歌集』、『源氏物語』へ。そして千年の時を超えて、近代の唱歌『夏は来ぬ』へ。繋がる文化の流れに気付く時、現代を生きる日本人として、日本の悠久《ゆうきゅう》の歴史を感じます）

十二　須磨《すま》

［一］

源氏は、時勢の変化により、世の中が煩《わずら》わしくてたまらない。体裁《ていさい》の悪いことも増えるばかりである。

源氏（内心）「今は、強《し》いて平然《へいぜん》と振る舞うようにしているが、今後は、更に酷《ひど》い扱《あつか》いを受けることになるかもしれない」

と、思うようになっていた。

（読者として……源氏は、右大臣一族の権勢を恐れ、京の都を退去して、謀反《むほん》の意志の無いことを示そうと考え始めます。自ら行き先と出立《しゅったつ》の日を決めて、人々と別れを惜《お》しむ場面が描かれます［一］～［八］。その中で、源氏について「位《くらい》なき人」と表現され［三］、既《すで》に除名《じょめい》されて、無位無官《むいむかん》になっていることが分かります。右大臣一族から謀反の罪を着せられて、除名［官位《かんい》剥奪《はくだつ》］されているのですが、それは、流罪《るざい》の準備段階とも言えることです）

源氏（内心）「あの話に聞いた須磨《すま》は、昔は人家《じんか》などもあったようだが、今では、すっかり人里離れた寂しい所となって、海人《あま》（漁師）の家でさえも、ほとんどないようだ（西国《さいごく》の浦々の話

「若紫」［三］。人の多い、賑《にぎ》やかな所の住まいで暮らすことを望んでいるのではない。そうかと言って、京の都から遠く離れてしまうのも、故郷を気掛かりに思うだろうし」
などと、自ら隠遁《いんとん》を決意しながらも、見苦しいほどに、あれこれと思い悩んでいる。

何を考えても、来《き》し方《かた》行《ゆ》く末《すえ》（過去と未来）、悲しいことばかりである。辛いことが多くて、見切りをつけた世の中ではあるが、「今こそ、都から退去しよう」と、いざ離れて暮らすとなると、やはり見捨て難いことも多いのだった。姫君（紫の上）が、別れの近づくにつれて、明けても暮れても、悲しみを深めて嘆く様子には、可哀想な思いになる。

源氏（内心）「忍び歩きをして、また必ず会えると分かっていながらも、ほんの一日、二日の間、離れて寝起きしている時々でさえも、心配したものだ。女君（紫の上）の方でも、心細い思いばかりしていたのだ。この度《たび》の京の都から須磨への退去は、何年の間と期限のあるものではない。古歌の『逢ふを限りに』のように、私の恋はどうなるのか。会えずに終わってしまうのだろうか。この世は、定めなき世（無常の世）であるから、そのまま、今生《こんじょう》の別れになることもあるかもしれず」
などと、思うと、辛くてたまらない。

源氏（内心）「密《ひそ》かに、女君を一緒に連れて行ってしまおうか」

と、思う時もあるが、
源氏（内心）「あのように心細くなりそうな海辺で、波風の他《ほか》に立ち寄る人もいないような場所へ、このように可愛らしい女君を連れて行くのは、まったく相応《ふさわ》しくない。我が身にとっても、却《かえ》って、物思いのつま（端《つま》、妻《つま》）になってしまうだろう」

などと、考え直している。

紫の上「どれほど辛い旅路《たびじ》であっても、後《あと》に残されず、せめてご一緒ならば」

と、心中を仄《ほの》めかしながら、悲しそうにしている。


あの花散里の邸《やしき》でも、源氏の訪れは滅多にない様子である。院（父院）の亡き後、心細い有様であったが、源氏の心遣いを頼りに、隠れるように暮らしていたのであるから、この度、須磨へ退去されることについて、悲嘆するのは当然のことであった。

源氏にとって、本気ではなかったとしても、ほんの僅《わず》かでも関《かか》わりを持ち、通っていた先々の女方達の中には、人知れず源氏を心配し、悲しんでいる者は多かった。

入道の宮（藤壺）（内心）「世間に知られたら、どのような噂になってしまうのか」

と、我が身を心配しながらも、人目を忍び、源氏への見舞いの便りを頻繁《ひんぱん》に届けている。

源氏（内心）「これまでにも、このように、互いを思い合い、情けを掛けて下さっていたならば」

と、ふと思い出すと、
源氏（内心）「これほどまで、様々な心労の限りを尽くす宿縁《しゅくえん》の方であったのだ」

と、耐え難い思いになる。


三月二十日過ぎの頃、源氏は、京の都を発《た》った。右大臣勢力を恐れて、誰にも日時を知らせず、ただ、最も身近に仕えて、馴れ親しんでいる者だけを、七、八人供人にして、たいそうひっそりと出立した。

〈源氏は、然《しか》るべき女方達に、手紙だけは密かに届けていた。しみじみと懐かしみ、言葉を尽くした手紙であるから、見どころ（見応《みごた》え）もあったに違いない。しかし、その時、筆者の私は、あれこれ取り込んでいて、しっかり心に聞き留《とど》めることのないままになってしまったのである〉

［二］

（読者として……物語は、須磨への出立の前に時間を戻し、人々との別れの場面が描かれます）

出立の二、三日前、夜の暗闇《くらやみ》に紛《まぎ》れて、源氏は、大殿《おおいどの》（左大臣邸）を訪れた。古びた網代《あじろ》車《ぐるま》を女車《おんなぐるま》のように装い、人目を避けながら邸内に入る。たいそう寂しい風情に、夢を見ているような気持ちである。

故葵《あおい》の上《うえ》の部屋は、とてもひっそりとして、荒れてしまったように思われた。若君（夕霧《ゆうぎり》、源氏と故葵の上の息子）の乳母《めのと》達や葵の上の生前から仕えていた女房で、去らずに居残《いのこ》っていた者達が、源氏の訪れに懐《なつ》かしさを感じて集まって来た。源氏を見上げるだけで、特に物事を深く考えることのない若女房達でさえも、世の常なさ（無常、時勢の変化）を身に染《し》みて感じ、涙に暮《く》れている。

若君は、たいそう可愛らしく成長し、ふざけながら走り回っている。

源氏「長いこと会わずにいても、忘れずにいてくれるとは、切《せつ》ないことだ」

と、言いながら、若君を膝《ひざ》に乗せる。涙を堪《こら》えられない様子である。

大臣がこちらの部屋にやって来て、源氏と対面する。

左大臣「所在《しょざい》なく、引き籠《こも》っておられるとのことで、取り留《と》めのない昔物語(思い出話)でも、お伺《うかが》いしたいものと思っておりましたが、病が重いのを理由に朝廷にも出仕せず、官職の辞表も出しておりますので「賢木」[三二]、世間から、『私事では都合よく出歩《である》くのか』などと、噂されるのも見苦しく、今では、世を憚《はばか》るべき身の上でもありませんが、世の中とは厳しいもので、本当に恐ろしいですから、ご遠慮致《えんりょいた》しておりました。この度《たび》のこと(須磨への退去)、目の当《まあ》たりにするにつけ、長生きを情けなく思うばかりです。世も末でございます。天地がひっくり返ったとしても、思いもつかぬことです。辛いお立場を思うと、何もかもがつまらなくなります」

と、話しながら、涙で袖をひどく濡《ぬ》らしている。

源氏「何もかも、この世で起こることは、すべて前世の報《むく》いのようですから、煎《せん》じ詰《つ》めれば、ただもう、私自身の不運によるものなのです。私のように官位を取り上げられた者ではなくても、軽い罪に触れただけで、朝廷から謹慎《きんしん》を命じられた者が、日常の生活を普通に過ごすことは咎《とが》重《おも》きわざ(重い罪)とされるのは、外国《ひとのくに》(中国)でもあるようです。まして、私は、流罪《るざい》の中でも、遠流《おんる》の定《さだ》め(評定《ひょうじょう》)を受けるようですから、かなり重い罪に当たるのでしょう。私の心に疚《やま》しいことは何もなく、濁《にご》り無《な》き心ですが、素知《そし》らぬ顔で過ごすのも憚《はばか》りの多いことなので、今よりも大きな恥をかく前に、世間を逃れることを考えて、京の都を退去することにしたのでございます」

などと、事細《ことこま》かに話をする。

（読者として……源氏は左大臣に、「自分の心に疚しいことはなく、流罪に当たる罪も無い」と断言し、それでも、「自分の決意で都を退去することにした」と説明しています。しかし、見えない心の内には、藤壺との秘事の罪の苦しみを抱え、その発覚《はっかく》を恐れているがゆえの決意です。その本心は隠しているのです）

左大臣は、昔の思い出や院（故父院）の生前のご様子、そして院の仰《おお》せになっていたお考えなどを話し出すと涙が止まらず、直衣《のうし》の袖で顔を押《おさ》えて離せずにいる。源氏も気丈《きじょう》に振る舞うことができない。若君（夕霧）は、無邪気《むじゃき》にあちらこちらを歩き回り、誰にでも人懐《ひとなつ》こく馴《な》れ親《した》しんでいる。源氏は、その様子を見るにつけ、たいそう胸の詰まる思いになる。

左大臣「私は、この世を去った娘（葵の上）のことを常に思い、一時《いっとき》も忘れることはありません。今でも悲しみに浸《ひた》っております。この度《たび》の源氏の君の須磨への退去について、娘が、もし生きていたならば、どれほどの悲しみに暮れたことかと、『よくぞ、短い生涯でいてくれた。このような悲しい思いの夢を見ずに済《す》んだのだから』と思うことにして、父親として、我が身を慰めております。この幼い若君が、このような年寄《としより》ばかりの家に残されて、父親である源氏の君に、馴れ親しむことのできないまま、これからの月日、遠く離れて過ごすことになるのかと思うと、何はさておき、悲しくてなりません。

昔の人の話でも、実際に罪を犯しながらも、ここまでの罰を受けることはなかったようです。やはり前世の報いなのでしょうか。他《ひと》の朝廷《みかど》（中国）でも、このような類《たぐい》（無実の罪で罰せられる例）は多かったようですが、それでも、何かしらの理由はあってのことです。源氏の君が、京の都を退去せねばならぬほどの理由は、どのように考えてみても、思い当たりません」などと、数多くの話をしている。

そこへ、三位中将《さんみのちゅうじょう》（左大臣の長男）もやって来て、話に加わった。大御酒《おおみき》などを召すうちに夜も更けて、左大臣邸に泊まることにする。女房達を傍に仕えさせ、物語（世間話）などをさせている。

その中で、源氏が誰よりも格別に、密《ひそ》かに情《なさ》けをかけていた女房中納言《ちゅうなごん》の君《きみ》が、言いたいことも言えず、悲しみに沈んでいる様子であった。源氏は人知れず気が付いて、可哀想に思う。人々が寝静まると、とりわけ親しく、語り掛けている。

〈源氏は、この中納言の君と過ごすために、左大臣邸に泊まることにしたに違いない〉

夜が明けてしまいそうである。源氏は、まだ暗いうちに左大臣邸を後にする。有明の月が、たいそう美しく輝いている。木々の花は、ほとんど盛りも過ぎて、わずかに残っているだけであるが、木の下は、庭一面花びらで白く染まり、月の光に照《て》り映《は》えている。辺り一帯、うっすらと霧が立ち込めて、ぼんやりと霞《かす》み、秋の夜《よ》の風情よりも、はるかにまさっている。

源氏は、隅《すみ》の高欄《こうらん》に寄り掛かりながら、外を眺める。中納言の君は、見送ろうとしているのか、妻戸《つまど》を押し開けて控《ひか》えている。

源氏「貴女に、また会いたいと思うのですが、かなり難しいことでしょう。このような時世になるとは思いもせず、気軽《きがる》に会えた頃は、あんなにものんびりと間《ま》を置いて、時を隔ててしまいました」

などと、言うと、中納言の君は、何も言えずに泣いている。

若君（夕霧）の乳母宰相《さいしょう》の君《きみ》を使いにして、大宮（左大臣の妻、夕霧の祖母）から手紙が届いた。

大宮（手紙）「私も、直《じか》に、お話を申し上げたいとは思いながらも、悲しみに暮《く》れて取り乱し、ぐずぐずしておりますうちに、まだ夜更《よふ》けですのに、もうお帰りになるとは、これまで〈葵の上の生前〉との違いを感じるばかりでございます。心配でならない人（夕霧）が、ぐっすり寝ている間《ま》くらいは、お待ちになればよろしいのに、それもなく」

と、書かれている。源氏は、少し泣きながら、

源氏　**鳥辺山《とりべやま》もえし煙《けぶり》もまがふやと海人《あま》の塩やく浦見にぞ行《ゆ》く**

〈鳥辺山で燃えた煙《けむり》（葵の上を荼毘《だび》に付《ふ》した時の煙「葵」［一七］）と見分けがつくのかどうか、海人《あま》の塩焼く煙を、須磨《すま》の浦へ見に行くのでございます〉

と、返事というほどでもない歌を詠む。

源氏「暁《あかつき》の別れとは、これほどまでに、物思いの限りを尽くすものだったのでしょうか。私の気持ちを分かってくれる人は、きっといると思うのですが」

と、暗《あん》に言うと、

宰相の君「どのような時でも、『別れ』という文字《もじ》（言葉）は嫌《いや》なものですが、とりわけ今朝《けさ》は、やはり、他に比べるもののないほどの思いでございまして」

と、涙で鼻声《はなごえ》になりながら、いかにも心から悲しんでいる様子である。

源氏「大宮にお伝えしたいことを、よくよく考えていたのですが、ただもう、気は塞《ふさ》ぐばかりでございまして。私の気持ちをお察し下さい。寝ている幼い若君（夕霧）のことは、顔を見て

しまえば、却《かえ》って、憂《う》き世《よ》（苦しみの多い世の中、京の都）を離れ難《がた》く思うに違いありませんので、強《し》いて気丈《きじょう》に、急ぎ失礼いたします」

と、言う。

源氏が左大臣邸を出る姿を、女房達は、物陰から覗《のぞ》いて見ている。入《い》り方《がた》（沈もうとする頃）の月が、たいそう明るく輝いて、源氏は、ますます優美で美しい姿に見える。物思いに沈む様子を見れば、虎《とら》や狼《おおかみ》であってさえも泣いてしまうに違いない。まして左大臣邸の人々は、源氏を幼い頃から見ているのであるから、時世《じせい》により、すっかり変わってしまった身の上を、とても悲しく思っている。

〈まことや（そう言えば）〉

大宮は、返事に歌を詠んでいた。

大宮　**亡《な》き人の別れやいとど隔たらむ煙《けぶり》となりし雲居《くもゐ》ならでは**

（亡くなった娘葵の上との別れの悲しみは、ますます遠く隔たってしまうことでしょう。煙となって立ち昇った空《そら》の下の雲居［都］から、源氏の君は、遠く離れた須磨へ行かれてしまうの

ですから）

左大臣邸では、娘葵の上の死を悼《いた》み続けていたが、さらに、源氏の都からの退去も加わり、悲しみは尽き果てることがない。源氏が立ち去った後《あと》、邸内では、皆、名残《なごり》を惜《お》しみ、不吉なまでに、声を上げて泣いていた。

［三］

源氏が左大臣邸から自邸二条院に戻ると、女房達も、昨夜は眠れなかった様子で、所々《ところどころ》に集まり、「嘆かわしいこと」と世を憂《うれ》いている有様である。

侍所《さぶらいどころ》（家の事務を管理する侍の詰所《つめしょ》）では、源氏に親しく仕える者は、皆、須磨へ供人《ともびと》として旅立つ覚悟《かくご》をし、身内の者と別れを惜しんでいるのか、人の出入りもない。その他の人々も、源氏の邸へ別れの見舞いに出向くものなら、右大臣方から厳しく咎《とが》められ、面倒なことが増えるだけなので、誰も来ない。

昔は、訪問の人々の馬や車が所狭《ところせま》しとばかりに集まって来て、並んでいたものである。その跡形《あとかた》もなく寂しい光景である。

源氏（内心）「世の中とは、薄情なものであったことよ」

と、身に染みて感じている。

台盤《だいばん》（食物を盛った盤を載せる台、長方形の食卓）なども、一部分は使われずに埃《ほこり》が積もり、畳《たたみ》（敷物《しきもの》）も所々裏返してある。

源氏（内心）「今でさえも、見ればこのような有様なのだから、ましてこれからは、どれほど荒れ果ててしまうことだろう」

と、思っている。


源氏は、西の対《たい》（紫の上の部屋）へ行った。女君（紫の上）は、格子《こうし》も下《お》ろさぬまま、ぼんやりと庭を眺めて夜を明かしていた。簀子《すのこ》などの所々で、横になっていた幼い女童《めのわらわ》達が、丁度《ちょうど》起き出して来て、騒いでいるところだった。宿直姿《とのいすがた》の可愛らしさを見ていると、心細い気持ちになってくる。

源氏（内心）「年月が経てば、これらの人々も、このままずっと、ここにいるはずもない。散《ち》りに散《ぢ》りに去って行くのだろう」

などと、これまで思いもしなかったことにまで、目が留《と》まるのだった。

源氏「昨夜は、然々《しかじか》により、夜も更《ふ》けてしまいましたので、左大臣邸に泊まりました。貴女《あなた》は、いつものように、『思はずなるさま』（思いも寄らぬこと）と嫉妬《しっと》していたのではないですか。京の都にいるうちは、せめて貴女の傍にいたいと思うのですが、このように世間を離れて須磨へ行くとなると、気掛かりなことがあれこれと多くあるもので、部屋にじっと籠《こも》ってばかりもいられないのですよ。常なき世（無常の世）ですから、人から、『情《なさけ》なきもの（薄情者）であった』と心に隔《へだ》てを置かれるのではないかと思うと、それも辛いことでして」

と、言うと、
紫の上「私にとりまして、このような悲しい夫婦の有様を見るより他に、『思はずなること』とは、どのようなことでしょうか」

と、それだけを言う。

〈ひどく思い詰《つ》めた様子は、他の人よりも深刻《しんこく》である。紫の上の苦しみを思えば、当然のことである〉

〈読者として……源氏は、左大臣邸での外泊について、様々な用事を理由にしていますが、実際は、女房中納言の君と過ごすことが目的でした。紫の上は、『思はずなること』に不信感を込め、源氏の弁解《べんかい》に、人としての本性を感じています〉


女君（紫の上）の父親王《みこ》（兵部卿宮《ひょうぶきょうのみや》）は、まったく愚かな人で、もともと、娘（紫の上）への思いはそれほどなかったのであるが、時勢の変化により、ますます右大臣方の権勢を気にして、二条院を訪れなくなっていた。源氏の須磨への出立《しゅったつ》の見舞いにさえもやって来ない。

紫の上（内心）「『女房達は、何を思っているだろう』と思うだけでも恥ずかしい。却って、父宮には、私が二条院に引き取られていることを知られないままの方が良かった」

と、さえ思っている。

北の方（兵部卿宮の正妻、紫の上の継母）などが、女君（紫の上）について、

北の方「俄《にわか》に手に入れた幸せを、あっという間に失って慌《あわただ》しいこと。ああ不吉だわ。大切な人とは誰彼《だれかれ》、別れてしまう人ですこと」

と、言っている様子を伝える者がいた。女君は、密《ひそ》かに耳にして、ひどく気分が悪くなり、それ以後、継母への便りをすることもなくなった。

〈紫の上には、源氏の他に頼れる人がいない。幼い頃に母親と死別し、祖母も亡くなり、本当に気の毒な身の上の方である〉

源氏「やはり、時世に赦《ゆる》されぬまま、いつまでも年月を過ごすことになるならば、須磨の巌《いわお》の中であっても、貴女（紫の上）をお迎え致しましょう。今すぐでは、世間への体裁《ていさい》が悪いのです。朝廷に対して謹慎《きんしん》せねばならぬ者は、明るい月や日（太陽）の光さえも見てはならず、穏やかに過ごすことも、たいそう罪が重いのです。私には、犯した過《あやま》ち（罪）は無いのですが、『前世からの報《むく》いで、このような都落《みやこお》ちになるのだろう』と思うようにしています。まして、愛《いと》しい人を伴《ともな》って下《くだ》る例はないのです。右大臣一族の権勢により、正気《しょうき》を失った世の中ですから、更なる禍《わざわい》もあるかもしれません」

などと、説明する。そのまま、日が高く昇るまで寝ていた。

帥宮《そちのみや》（源氏の弟、後の蛍兵部卿宮《ほたるひょうぶきょうのみや》）や、三位中将《さんみのちゅうじょう》（左大臣長男）などがやって来た。

源氏「位なき人は」

と、除名により、無位無官になっている自分のことを呟《つぶや》きながら、対面するために、無紋《むもん》の直衣《のうし》などを着る。却って、とても親しみの感じられる装いなので、質素な姿であっても、たいそう美しい。髪を櫛《くし》で整えようと鏡台に寄ると、面《おも》やつれした影《かげ》（鏡に映《うつ》る顔）が、我ながら、たいそう優美で気品に満ちて見える。それなのに、

源氏「私は、すっかり衰えました。鏡に映る影のように、痩《や》せたでしょうか。何とも情けないことです」

と、言う。女君（紫の上）は、目に涙をいっぱい浮かべて、源氏の顔を見上げている。源氏も、堪《こら》え切れなくなる。

源氏　**身はかくてさすらへぬとも君があたり去らぬ鏡のかけは離れじ**

（私の身体《からだ》は、これから須磨へ流離《さすら》って行きますが、貴女の傍から離れぬ鏡のように、鏡に映る影となって、離れずにいることでしょう）

と、歌を詠むと、

紫の上　**別れても影だにとまるものならば鏡を見てもなぐさめてまし**

（お別れしても、もし、貴方の影だけでも留《とど》まるならば、鏡を見て、心を慰めることもできるでしょうけれど）

と、歌を詠みながら、柱の陰に隠れて、涙を見せないようにしている。

源氏（内心）「やはり、これまでに出会った多くの女方達の中でも、類《たぐい》ない美しさの人であった」と、身に染みて感じるような、紫の上の容姿であった。

（読者として……源氏は、この場に及《およ》んでもなお、相変わらず、紫の上の外見の美しい姿だけを見て、感慨《かんがい》に耽《ふけ》っています。一方の紫の上は、源氏の須磨への旅立ちを前にして、頼る人のいない不安や寂しさ、悲しさを抱《いだ》いています。源氏が紫の上の気持ちに寄り添う描写は見当たらず、態《わざ》と心配させる言葉を並べていました。夫婦とは何か。紫の上の悲しみが伝わります。『私には、犯した過ち［罪］は無い』。この嘘の言葉が、神仏の怒りを買うことになります）

親王（帥宮《そちのみや》）は、源氏としみじみと話をして、日の暮れる頃、帰って行った。

［四］

花散里が、心細さから、しきりに手紙を届けて来るのも当然のことで、源氏（内心）「あの方（花散里）にも、もう一度、会っておかねば、薄情に思われることだろう」と、思い、その日の夜も、また出掛けることにするが、たいそう億劫《おっくう》で、すっかり夜も更《ふ》けてから訪ねた。麗景殿女御《れいけいでんのにょうご》（花散里の姉）は、

麗景殿女御「このように、私どもまで人数《ひとかず》に入れて下さり、お立ち寄り頂けるとは」

と、礼を言っている。

〈その様子を、ここに書き続けるのは煩《わずら》わしいので、やめておく〉

ひどく心細い有様で、ひたすら源氏の庇護《ひご》を頼りにして、隠れるように暮らしていた年月《としつき》を思えば、今後、ますます荒れて行くであろうことが想像される。邸内は、たいそう物寂しい様子である。月が朧《おぼろ》に射《さ》し出して、庭の広い池や、築山《つきやま》の木々の奥深く生い茂る辺りが、寂しく見える。これから向かう須磨での巌《いわお》の中の暮らしを、想像せずにはいられない。

西面《にしおもて》（花散里の部屋）では、

花散里（内心）「源氏の君は、このまま、お越しにならないのだろうか」と、塞《ふさ》ぎ込《こ》んでいた。そこへ、風情を添《そ》える月影《つきかげ》（月の光）の美しくしっとりと輝く中、源氏の君が類《たぐい》なく素晴らしい立居振舞《たちいふるまい》で、香《かおり》を漂《ただよ》わせながら、たいそう人目を忍んで部屋に入って来たのである。女君（花散里）は、少し膝《ひざ》をついて部屋から出て来ると、そのまま月を眺める。今夜もまた、ここでも話をしているうちに、明け方近くになってしまった。

源氏「短い夜ですね。このような対面は、もう二度とできないかもしれないと思うと辛《つら》くて。これまで何気《なにげ》なく過ごしていた年月が悔やまれます。来《き》し方行《かたゆ》く先《さき》（過去と未来）の語《かた》り草《ぐさ》になるような身の上で、何とも落ち着く暇もなく、過ごしてしまいました」と、過去のことを色々と話しているうちに、鶏《にわとり》も頻《しき》りに鳴くので、世間の目を憚《はばか》り、急ぎ帰ることにする。

いつものように、西の空に月の沈む風情が、源氏の立ち去る姿と相《あい》まって、女君は、しみじみとした気持ちになる。女君の色の濃い衣に月影（月の光に照らし出された人やものの姿）が映り、いかにも、古歌の「濡《ぬ》るる顔」である。

花散里　**月影のやどれる袖《そで》はせばくともとめても見ばやあかぬ光を**
（月影［源氏］の宿る拙《つたな》い私の袖は、［貧しさゆえに］狭《せま》いものですが、たとえそうであっても、いつまでも引き止めて見ていたい思いです。飽《あ》きることのない光《ひかり》である貴方を）

花散里のひどく悲しむ様子が気の毒で、源氏は、帰りを急ぎながらも慰《なぐさ》めの言葉を掛ける。

源氏「**行《ゆ》きめぐりつひにすむべき月影のしばし曇らむ空なながめそ**
（空を巡《めぐ》り巡って、いずれは澄《す》んで輝く月影です。暫《しばら》くは、曇《くも》る空を眺めないで下さい。悲しくなりますから。私の身の疑いが晴れて潔白《けっぱく》になったならば、貴女と住《す》むこともできるのですから）

しかし、考えてみれば当《あ》てのない話ですね。ただ古歌のように、『知らぬ涙』ばかりが流れて、心は暗くなります」

などと言って、夜明け前の薄暗いうちに、邸《やしき》を後《あと》にした。

［五］

源氏は、自邸二条院に戻ると、須磨への出立《しゅったつ》を前に、あらゆることの指図《さしず》をする。右大臣方の権勢に靡《なび》くことなく、二条院に親しく仕えている者達すべてに、邸内の仕事を与え、役職の上下《かみしも》を言い渡す。さらに、源氏に供《とも》として従う者も、すべて選び出している。

須磨での暮らしの道具は、生活に必要な品々ばかりを揃《そろ》え、目立った飾りのない質素なものにする。その他には、持って行くべき書籍の類《たぐい》や『白氏文集《はくしもんじゅう》』（唐の白居易《はくきょい》の詩文集）などを入れた箱、そして、琴《きん》（中国渡来《とらい》の琴柱《ことじ》のない七絃琴《しちげんきん》。源氏の大切な楽器となる）を一つ、持って行かせる。

仰々《ぎょうぎょう》しい調度品や華やかな装束などは、まったく持って行かず、山賤《やまがつ》（山里に住む身分の低い者）のように装う。

仕《つか》えている人々の事などをはじめとして、万事、何もかも、西の対（紫の上）に言い渡して任《まか》せる。所有している荘園《しょうえん》や牧場《まきば》などをはじめ、然《しか》るべき所々の券（所有権を証明する文書）など全てを譲《ゆず》り渡《わた》す。その他の御倉町《みくらまち》（倉の建ち並んだ一画《いっかく》）や、納殿《おさめどの》などの財宝を納めている場所まで、女君の乳母少納言を信頼しているので、親しい家司《けいし》（事務職）などを付けて、管理の仕方について指示をして任せる。

二条院東の対で、源氏に仕えてきた中務《なかつかさ》や中将などの女房達は、

女房達「源氏の君からの情《なさ》けは、それほど深くはありませんでしたが、お姿を見るだけでも慰められたものです。これからは、どのようにして」

と、思っていたところ、

源氏「命あって、再び、この世（京の都）に戻って来ることもあるだろう。それまで待っていようと思う者は、こちらの西の対（紫の上）で、仕えていなさい」

と、言う。身分の上下に拘《かかわ》らず、皆を西の対に行かせる。

若君（夕霧）の乳母達や、花散里の邸などにも、風情のある品物はもちろんのこと、暮らしに必要なものまで送り届け、手抜《てぬ》かりなく気配りをしている。

［六］

尚侍《ないしのかみ》（朧月夜《おぼろづきよ》）の所へも、無理を押して、手紙を差し上げる。源氏（手紙）「貴女からの便りがないのは当然とは思いながらも、今こそ、いよいよ出立する時となり、この世を見限る悲しさや辛さは、類《たぐい》ないものです。

逢《あ》ふ瀬《せ》なき涙の川に沈みしや流るるみをのはじめなりけむ

（貴女［朧月夜］に逢えず、涙の川に身を沈めてしまったことが、須磨へ流れるみお（澪《みお》、水脈《みお》）の身《み》となった始まりでしょうか）

と、思えば思うほどに、私の罪は逃れようがなかったのです」

手紙を届ける道中も、右大臣方に見つかる危《あや》うさから、事細《ことこま》かには書かない。

女（朧月夜）は、ひどく悲しい思いになって、我慢しているものの、袖《そで》では拭《ぬぐ》いきれないほどの涙が溢《あふ》れ、どうしようもない。それも当然のことだろう。

（読者として……朧月夜は、源氏の須磨への退去に、責任を感じています。「賢木」［三三］［三四］）

朧月夜　**涙川《なみだがは》うかぶみなわも消えぬべし流れてのちの瀬をもまたずて**

（涙川に浮かぶ水の泡《あわ》のように、私も涙とともに消えてしまうでしょう。貴方が須磨へ流されて、その後、京の都へ戻られた時の逢瀬《おうせ》を待つこともできずに）

泣きながら、心の乱れた様子で書かれている筆跡に、源氏は、たいそうな魅力を感じている。

源氏（内心）「もう一度、対面することもなく出立するのか」

と、思うと、残念でならない。しかし、考え直す。

源氏（内心）「朧月夜は、右大臣の娘であるから、私を憎《にく》む縁者《えんじゃ》も多い。並一通りではない用心《ようじん》をして、人目を忍んで返事を寄越《よこ》して来たのだ」

と、思うので、無理を通してまで、便りをすることはしなかった。

［七］

いよいよ明日、須磨へ出立する日の夕暮れ時、源氏は、故父院の御墓を参拝するために、北山へ向かう。月は、暁《あかつき》（夜明け前の暗い時分）にかけて出る頃で、まず先に、暗闇《くらやみ》に紛《まぎ》れて、入道の宮（藤壺）を訪ねた。

宮（藤壺）は、傍近《そばちか》くの御簾《みす》の前に、源氏の御座所《おましどころ》を設《もう》けて、女房を介《かい》さずに、自ら話をされる。源氏は、春宮《とうぐう》（藤壺と源氏の秘事の息子）について、たいそう気掛かりである胸の内を話している。

〈二人は互いに、秘事の罪を心の奥底に抱《かか》えているのであるから、語り合う物語は、万事、果てしない悲しみばかりであっただろう〉

宮（藤壺）の心惹かれる美しい雰囲気は、昔と変わらない。源氏は、これまでの藤壺の冷たい態度について、少し仄《ほの》めかして恨みの気持ちを伝えたい思いではあるが、

源氏（内心）「今更《いまさら》言っても、不快に思われるだけだろう。私自身も、却《かえ》って、心が一層乱れる

に違いない」

と、思い直して、ただ、
源氏「この度《たび》、思いも寄らぬ罪《つみ》を着《き》せられました（朧月夜との密会による除名処分）が、思い当たる一つの事（藤壺と源氏の秘事の罪）については、空を仰《あお》ぐのも恐ろしい思いでおります。私は、惜《お》しげもない身ですから、たとえ亡き者となってもよいのです。せめて、春宮が、帝に即位され、その御代さえ、安泰《あんたい》であられるならば」

と、それだけを、話している。

〈実際のところ、春宮は二人の子供であるから、源氏が周りの目を気にしながらも、話さずにいられないのは当然のことだろう〉


宮（藤壺）にとっても、すべて心当《こころあ》たりのあることばかりで、思い乱れて返事もできない。大将（源氏）が、あらゆることを次から次へと思い出して泣いてしまう姿は、たいそう果てしないほど優美に見える。

源氏「これから御山《みやま》（故父院の御墓）に参りますが、何か、言伝《ことづて》はありますか」

と、尋ねる。宮は、直《す》ぐには何も言えず、どうしようもなく辛い気持ちを静めようとしている。

藤壺　見しはなくあるは悲しき世のはてを背《そむ》きしかひもなくなくぞ経《ふ》る

〈院はお亡くなりになり、貴方《あなた》は悲しい思いをされていて、世も末です。私は世を背《そむ》いた［出家］甲斐《かい》もなく、泣く泣く日々を過ごしております〉

源氏と藤壺は、互いに心は乱れるばかりである。あれこれ話したいと思っていたことも、話し続けることができない。

源氏　別れしに悲しきことは尽きにしをまたぞこの世のうさはまされる

〈父院との別れは、果てしない悲しみの思いでしたが、今また、子の親として、この世の悲しみを、更に深く感じております〉

月が出るのを待ってから退出し、北山へ向かう。供人は、ほんの五、六人ほどにして、下人《しもびと》（召使）も気心の知れている者だけを連れて行く。人目を憚《はばか》り、牛車《ぎっしゃ》ではなく馬に乗って向かった。

〈言うまでもないことではあるが、これまでの気楽な忍び歩きとは、まったく違う様子で、誰もが皆、悲しみを抱えている〉

供人の中に、あの御禊《ごけい》の日の行列で、仮の随身《ずいじん》として仕えていた右近将監《うこんのぞう》の蔵人《くろうど》もいた「葵」

［六］。時勢の変化により、得られるはずであった官位を叙《じょ》せられぬまま御簡《みふだ》も削《けず》られ（殿上人の名札である日給簡《ひだまいふだ》からの除籍）、官職《かんしょく》である右近将監も罷免《ひめん》されて、世間体《せけんてい》の悪い身の上となってしまい、供人の一人になっている。

賀茂《かも》の下《しも》の御社《みやしろ》（下鴨神社《しもがも》）を、遠くから見渡す辺りで、ふと、昔のことを思い出し、馬を降りて、源氏の馬の口（轡《くつわ》）を取る。

将監　**ひき連れて葵《あふい》かざししそのかみを思へばつらし賀茂のみづがき**

（御禊の日の華やかな行列で、葵をかざした当時の事を思い出すと、辛くてなりません。下鴨神社の瑞垣《みずがき》までもが恨めしく思われます）

と、歌を詠む。

源氏（内心）「いかにも。どれほど辛《つら》い思いをしていることか。あの時は、誰よりも容姿を目映《まばゆ》く装《よそお》っていたからな」

と、思うと労《いたわ》しくなる。源氏も馬から降りて、御社《みやしろ》の方を向いて拝む。神に、罷申《まかりもう》し（暇乞《いとまご》い、別れの挨拶）をする。

源氏　**うき世をば今ぞ別るるとどまらむ名をばただすの神にまかせて**

（悲しみばかりのこの世から、今こそ別れて須磨へ向かいます。後《あと》に残ると思われる噂については、下鴨神社の糺《ただす》の森《もり》の神に、お任せ申し上げることにして）

と、歌を詠む姿に、若い供人は、憧《あこが》れやすいので、

将監（内心）「身に染みるほど素晴らしく、立派な方だ」

と、思いながら仕えている。

御山《みやま》（故父院の御墓）を参拝していると、父院の生前のお姿が、今まさに、目の前におられるかのように思い出された。

〈この上ない身分であったとしても、この世を去った方については、どうすることもできない。後に残された者は、譬《たと》えようのないほどの悲しみである〉

源氏が墓前《ぼぜん》で、様々なことを泣きながらお伝えしても、故父院のお考えを聞くことはできない。

源氏（内心）「あれほど、父院が話をされていた多くの御遺言は、何処《どこ》に消え失せてしまったのか」

と、思ってみても、詮無《せんな》いことである。

道中《どうちゅう》は草が生《お》い茂《しげ》り、源氏は、分け入るほどに露《つゆ》に濡《ぬ》れて、涙も溢《あふ》れる。月は雲に隠れてしまい、森の木立《こだち》の深い暗闇は、ぞっとする恐ろしさである。帰る方角《ほうがく》も分からなくなる心地で拝んでいると、生前の父院の面影《おもかげ》が、はっきりと見えたのである。源氏は、全身、寒気立《さむけだ》つ思

いであった。

源氏　なきかげやいかが見るらむよそへつつながむる月も雲がくれぬる

（父院の御霊《みたま》は、この私を、どのように御覧になっておられるのだろうか。父院を思い浮かべながら眺めていた月までもが、雲に隠れてしまった）

［八］

すっかり夜も明ける頃、源氏は、御山《みやま》から二条院（自邸）に戻った。春宮にも手紙を書いて、藤壺の身代わりとして仕えている王命婦《おうみょうぶ》の局《つぼね》（部屋）に届ける。

（読者として……春宮は、藤壺と源氏の秘事の罪の息子です。源氏は謹慎《きんしん》の身であり、内裏《だいり》へ春宮を訪問することはできません。出家した藤壺の代わりとなって仕えている王命婦に宛《あ》てて手紙を届けています。王命婦は、藤壺と源氏の密会の仲立ちをした女房です「若紫」［一三］。物語では、藤壺の出家の際、王命婦も従って、出家したとされていました「賢木」［二九］。この場面での登場には疑問が残ります）

源氏（手紙）「今日、いよいよ京の都を離れます。改めて参上せぬまま、出立することになり、数多《あまた》の悲しみの増す思いでございます。万《よろず》につけて、私の心中を察《さっ》して頂きたく、春宮に、よろしくお伝え下さい。

いつかまた春のみやこの花を見ん時うしなへる山がつにして

（いつの日か、再び、春の都の桜の花を見たいものです。時勢から外《はず》れた山人《やまびと》であっても、めでたい御代《みよ》［春宮の帝即位］は、見たいものです）」


桜の花のすっかり散ってしまった枝に、手紙は付けられていた。

王命婦「源氏の君は、このように仰《おお》せです」

と、春宮にお見せすると、幼いながらも真剣《しんけん》な顔をされる。

王命婦「お返事は、いかがされますか」

と、お尋ねすると、
春宮「『ほんのしばらく会わないだけでも、慕《した》わしい思いであるのに、遠くへ行ってしまったならば、どんなにか』と伝えよ」

と、言われる。

王命婦（内心）「何と、果《はか》ないお返事ですこと」

と、しみじみ悲しい思いで見上げている。


王命婦は、藤壺が、どうにもならない過去のこと（源氏との秘事の罪）に、心を砕《くだ》いて苦しまれていたことや、その時々の様子をあれこれと思い出す。藤壺も源氏も、何事もなければ、思い悩むことのない人生を過ごせたはずであった。源氏が、自らの恋慕《れんぼ》を抑えることができず、嘆きを抱えることになってしまったのである。王命婦は、源氏に催促《さいそく》されて、藤壺と引き合わせたことを、今でも後悔し、すべての責任は自分にあるかのように思っている。手紙の返事には、

王命婦（手紙）「改めて、申し上げる言葉もございません。春宮の御前には、お伝え致しました。心細くしておられるご様子で、こちらも、悲しくなるばかりでございます」

と、取り留めもなく書かれ、心を取り乱している様子である。

王命婦（手紙）「**咲きてとく散るはうけれどゆく春は花の都を立ちかへりみよ**

（咲いた花が、早々《そうそう》に散ってしまうのは悲しいですが、過ぎ行く春のように、都を去って行かれても、また再び、花の都を見に帰って来て下さいませ）

その時節が来ましたら」

と、歌も添えられていた。

王命婦は、手紙を書いた後《あと》も名残《なごり》は尽きず、しみじみと語っていた。一宮《ひとみや》の内《うち》（春宮御所の邸内）では、女房達が、皆、声を立てずに泣いていた。

一目《ひとめ》でも源氏の姿を見上げたことのある者は、このように、源氏が、須磨への退去を前にして、悲しみを深めて気弱になっている様子を知ると、嘆き悲しみ、悔しく思わない者はいない。

まして、いつも源氏の身の回りの世話に仕えていた者達は、長女《おさめ》や御厠人《みかわやうど》などの下級女官まで、有難い恩顧《おんこ》の下《もと》で過ごしていたのであるから、下級女官「少《すこ》しの間でも、源氏の君のお姿を拝見せずに、過ごすことはできるだろうか」と、嘆き悲しんでいた。

世間の人々も、誰一人として、源氏の須磨への退去を好ましく思う者はいなかった。源氏は、七歳になった時からずっと、父帝の御前に昼夜を問わず仕え、願いの叶《かな》わぬ事は何もない身の上であった。それ故に、源氏から労《いたわ》り（庇護《ひご》）を受けぬ者はなく、その御徳《おんとく》（恩恵《おんけい》）を喜ばぬ者がいたはずもない。身分の高い上達部《かんだちめ》や弁官《べんかん》などの中にも、そのような者は多かった。それより下の身分の者達については、数えきれないほどで、源氏への恩義を感じていないはずはないのであるが、目下《もっか》、右大臣方の権勢を憚《はばか》り、別れの挨拶に参上する者はいない。

世の人々は、内心では、どよめくほどの悲しみを感じて、朝廷への批難と恨みを抱いているのであるが、

世の人々（内心）「我が身を投げ出してまで、源氏の君の見舞いに参上したところで、何の甲斐《かい》があろう」

と、思うのか、このような状況になると、見苦しくて情けない者が多いのだった。

源氏（内心）「世の中とは、何とつまらぬものよ」
と、それぱかりを、何かにつけて思っている。

［九］

当日、源氏は、女君（紫の上）とゆっくり話をして過ごし、例によって、夜も更けてから、須磨へ出立する。狩《かり》の御衣《おんぞ》（狩衣《かりぎぬ》）などを身に付けて、旅装束をたいそう質素《しっそ》にしている。

源氏「月が出てきましたね。やはり、もう少し端《はし》の方に出て、見送りだけでもして下さいよ。これから先、どれほど、『話したいことが、たくさん溜《た》まってしまった』と思うことでしょう。一日、二日、まれに離れている時でさえも、心配で気掛かりだったのですから」

と、言いながら、御簾《みす》を巻き上げて、端（縁側《えんがわ》）に誘い出すので、女君は、泣き沈んでいた気持ちを静めて、膝《ひざ》をついて出て来た。月影《つきかげ》（月の光に照らし出された姿）は、たいそう美しい風情である。

源氏（内心）「我が身が、このまま果敢無《はかな》く世を去ったならば、女君は、どのような有様で、さ迷うことになるのだろう」

と、気掛かりで、悲しく思う。女君は深く思い詰めている様子で、ますます辛そうである。

源氏「**生ける世の別れを知らで契《ちぎ》りつつ命を人にかぎりけるかな**
（生きながらにして、この世には、生き別れというものがあることも知らず、貴女とは夫婦の縁を約束していました。私の命は、貴女だけのものでしたのに）

虚《むな》しいことです」

などと、軽い言葉で歌を詠む。

紫の上　**惜しからぬ命にかへて目の前の別れをしばしとどめてしかな**
（我が身の惜《お》しくもない命と取り替えてでも、目の前の貴方との悲しい別れを、しばらくでも引き止めたい思いです）

源氏（内心）「本当に、そのように思っているのだろう」

と、思うと、たいそう見捨て難くもなるが、夜が明け果ててしまうと、体裁も悪いので、急いで出立した「須磨」［二］。


源氏は、道中ずっと、女君（紫の上）の面影《おもかげ》がぴたりと寄り添っているような気持ちであった。胸の詰まる思いをしながら、舟に乗り込む。日の長い頃で、追風《おいかぜ》まで寄り添って吹きつけ、まだ申の刻《さるのこく》（午後三〜五時）の頃、須磨の浦に到着した。束の間《つかのま》の道のりであったが、このような旅をしたことのない源氏には、心細くも面白く、珍しく感じることばかりであった。大江《おおえ》殿《どの》（淀川の岸辺）と呼ばれている場所は、ひどく荒れ果てて、松だけが目印になっていた。

源氏　**唐国《からくに》に名を残しける人よりも行《ゆ》く方《へ》しられぬ家居《いへゐ》をやせむ**

（唐の国で、その名を後世に残した人よりも、我が身は、これから先、何も知らない場所で、暮らすことになるのだ）

と、故事を思い浮かべつつ、歌を詠む。渚《なぎさ》に寄せる波が、また戻って行くのを見ながら、

源氏「『うらやましくも』」（『伊勢物語』）

と、口ずさむ様子は、古歌であっても、身に染みて聞こえる。

供人達（内心）「悲しい」

と、そればかり思っている。

　源氏は、旅路《たびじ》を振り返る。越えて来た山は霞《かすみ》のはるか遠くに見えて、本当に、三千里の外《ほか》（『白紙文集』）のような心地で、櫂《かい》の雫《しずく》（『古今和歌集』『伊勢物語』）のように落ちる涙に、耐え難い思いになる。

源氏　**ふる里を峰の霞はへだつれどながむる空はおなじ雲居《くもゐ》か**

（故郷を、峰の霞は遮《さえぎ》っているが、私の眺めている空は、京の都と同じなのだろうか）

〈何を見ても、辛くないものはない様子である〉

［一〇］

源氏の暮らす場所は、行平中納言《ゆきひらのちゅうなごん》（在原行平《ありわらのゆきひら》818〜893）が、「藻塩《もしお》たれつつわびける」（『古今和歌集』）と歌に詠んだ住まいの近くであった。海辺からは、すこし内陸で、何とも気味の悪い山の中である。垣根の様子をはじめとして、目にするものすべてが珍しい。茅屋《かやや》（茅葺《かやぶ》き屋根の家）や葦葺《あしぶ》きの廊《ろう》に似ている建屋《たてや》など、風情のある造《つく》りである。この土地ならではの住まいで、京の都とは違う。

源氏（内心）「このように謹慎《きんしん》の身の上でなければ、楽しい気持ちにもなれたのだろうが」と、昔の気儘《きまま》な遊《すさ》びの忍び歩きを思い出す。

近い所々の御荘《みそう》（荘園）の司《つかさ》（役人）を呼び出して、住まいや庭の手入れなどをさせる。やるべきことの手配は、良清朝臣《よしきよのあそん》を信頼して家司《けいし》（貴族の家に仕える役職）にして任せ、仕切らせている。

〈源氏が、初めて播磨の明石の浦のことを知ったのは、良清の話だった「若紫」［三］。それを思うと、気の毒な事の成り行きである〉

あっという間に、たいそう見応《みごた》えのある庭が造られた。遣水《やりみず》を庭の奥深くまで引き入れ、植木なども数多く植えられた。

源氏（内心）「今となっては、ここに」

と、落ち着いて考えてみると、現《うつつ》（現実）とは思えない。国守《くにのかみ》（摂津守《せっつのかみ》）は、源氏の邸《やしき》（二条院）に親しく仕えていた者なので、この地でも密《ひそ》かに心を寄せて仕えている。

このように、旅先の住まいとは思えないほど人の出入りは多く、賑《にぎ》やかな雰囲気である。しかし、それでも源氏には、信頼できる相談相手はいない。見知らぬ他国にいるような気持ちで、まったく気持ちの晴れることはなかった。

源氏（内心）「これから先、どのように年月を過ごせばよいのか」

と、思い巡らしている。


次第に、身の回りの暮らしが落ち着いてくる頃には、長雨の季節になった。京の都に思いを馳せると、恋しい人は多い。女君（紫の上）の悲しんでいた姿、春宮の御事、若君（夕霧）の無邪気に遊び回っていた様子などをはじめとして、あちらこちらの方々に思いを馳せている。

京の都へ使いの者を送ることにする。まず、二条院（紫の上）に差し上げる手紙を書いた。次に、入道の宮（藤壺）への手紙を書くが、すらすらと書き進めることができない。悲しみの涙で、心は暗くなるばかりである。

入道の宮への手紙には、

源氏（手紙）「**松島のあまの苫屋《とまや》もいかならむ須磨《すま》の浦人しほたるるころ**

（松島の海人《あま》の苫屋のような住まいで、尼君《あまぎみ》の貴女は、どのように私の帰りを待ちながら過ごしておられることでしょう。私は須磨の浦人となり、涙を流して日々を過ごしております）

いつまでとも分からず、来《き》し方行《かたゆ》く先《さき》（過去と未来）を思うと、心は暗く闇に閉ざされてしまいます。『汀《みぎわ》まさりて』と古歌にもあるように、汀（水際《みぎわ》）の水かさが増すように、涙は溢《あふ》れるばかりで」

と、書かれてあった。

尚侍《ないしのかみ》（朧月夜《おぼろづきよ》）への手紙は、いつものように、中納言の君（女房）への私事の手紙のような体裁《ていさい》にして、その中に入れる「賢木」［一五］。

源氏（手紙）「つれづれと、過ぎ去った日々のことが思い出されます。

こりずまの浦のみるめのゆかしきを塩焼くあまやいかが思はん

（性懲《しょうこ》りもなく、須磨の浦で暮らす私は、海松布《みるめ》［海藻］を見ると、貴女をこの目で見たくてたまらない思いになります。塩焼く海人のような私を、貴女は、どのように思っておられますか）

〈源氏は、手紙の文面に様々な思いを込めて書き尽くしている。読み手は、言葉の意味を、想像しなければなりません〉

大殿《おおいどの》（元左大臣邸）へも手紙を書いている。宰相《さいしょう》の君《きみ》（夕霧の乳母）にも宛てて書く。若君（夕霧）に仕える上での心得などを書いて送っている。

［一一］

京の都では、あちらこちらで、源氏の君からの手紙を見ては心を動かされ、ただもう取り乱している人々が多かった。

二条院の君（紫の上）は、源氏からの手紙を読むと、そのまま起き上がれなくなってしまう。尽きることなく一途《いちず》に、源氏を恋しく思う様子ではあるが、仕えている女房達にも慰《なぐさ》める術《すべ》はなく、皆、心細い思いをしている。源氏が使い馴《な》らしていた調度品や弾《ひ》き馴《な》らしていた琴《こと》、脱ぎ捨てられたままの衣の残《のこ》り香《が》など、思い出の品を見るにつけ、今となっては、この世を去ってしまった亡き人のように思って嘆いている。少納言乳母は、不吉でたまらず、北山の僧都《そうず》（紫の上の祖母の兄）に祈禱《きとう》などをお願いして、お二人（源氏と紫の上）のために、御修法《みずほう》などをしてもらう。心の中では、

少納言乳母（内心）「女君（紫の上）の、このように思い嘆く御心をお静め下さい。思い悩むことのない一生を、過ごされますように」

と、心配でたまらない思いで祈っている。

（読者として……物語上、源氏から紫の上に送られた手紙の内容についての描写はありませんでした。読者には想像することが求められ、かなり心配を掛ける内容だったと思われます）

女君（紫の上）は、源氏のために、旅先での宿直物《とのいもの》（夜具《やぐ》）などを調《ととの》えて送る。固織《かたおり》の直衣《のうし》や指貫《さしぬき》（袴《はかま》の一種）など、これまでになく質素なものを用意するだけでも、悲しみが込み上げてくる。「去らぬ鏡」「須磨」［三］と歌に詠んでいた源氏の面影が、本当に我が身に寄り添っているように思っても、甲斐の無いことである。出入りしていた部屋の入口の辺りや、寄り掛かって座っていた真木柱《まきばしら》などを見るだけでも、胸は塞《ふさ》がるばかりの思いである。

〈物事をあれこれと思い巡らすことのできる、人生経験を積んだ人であってさえも、悲しみの募《つの》るような話である。まして、女君（紫の上）は、源氏に馴れ親しみ、親代《おやが》わりに育てられたのであるから、恋しく思う気持ちは当然である。亡くなってしまったならば仕方のないことで、やがて、忘れ草が生《は》えるように、忘れてゆくのであろうが、聞くところによれば、須磨は京の都に近い場所である。「いつまで」と、期限のある謹慎《きんしん》ではないために、思えば思うほどに、悲しみは尽きることがないのである〉

［一二］

入道の宮（藤壺）も、春宮（藤壺と源氏の秘事の息子）の後見人である源氏の謹慎《きんしん》であるから、思い嘆く様子は言うまでもない。宿世《すくせ》の深さ（秘事の罪）を思うと、どうして気にせずにいられようか。何年もの間、ひたすら、世間の噂を恐れてきた。藤壺（内心）「源氏の君に、少しでも情《なさ》けある態度を見せたならば、それにつけて、人から咎《とが》め立《だ》てされるかもしれない」

と、そのことばかりを考えて、一途《いちず》に控え目な態度で暮らし、源氏から寄せられる多くの情け深い便りなども見過ごして、無愛想に振る舞ってきたのである。それほどまでに恐ろしいのが世間の噂である。藤壺と源氏の秘事の罪については、人々の口《くち》の端《は》に上《のぼ》ることもなく乗り越えることができた。それは、藤壺が、源氏の意向やしつこい性格に身を委《ゆだ》ねることなく、気丈《きじょう》に振る舞い、見苦しくないように隠し通したからだろう。今となっては、どうして、しみじみと愛《いと》しく、源氏を思い出さずにいられようか。

藤壺から源氏への返事は、これまでよりも細《こま》やかに、心を込めて書かれている。

藤壺（手紙）「近頃は、たいそう、

しほたるることをやくにて松島に年ふるあまも嘆きをぞつむ

（海水に濡《ぬ》れながら、塩を焼《や》く役目《やくめ》である、松島《まつしま》の年老いた海人《あま》が投《な》げ木《き》をするように、尼《あま》の私も嘆《なげ》きを重ね、涙で袖を濡らしながら、貴方の帰りを待《ま》っております）」

尚侍《かん》の君《きみ》（朧月夜《おぼろづきよ》）からの返事には、

朧月夜（手紙）「**浦にたくあまだにつつむ恋なればくゆる煙《けぶり》よ行《ゆ》く方《かた》ぞなき**

（浦で塩焼く海人でさえも憚《はばか》る恋なのですから、燻《くゆ》る煙のように、貴方との仲を悔《く》いる私は、この先、どうすればよいのか分かりません）

これ以上のことは申し上げられませんので」

と、それくらいのことが少し書かれて、中納言の君（女房）の返事の中に忍ばせてあった。中納言の君の手紙には、尚侍の君の思い嘆く様子などが、たいそう詳しく書かれていた。

源氏（内心）「気の毒なことだ」

と、思い当たる節々もあるので、つい涙を流して泣いていた。

（読者として……源氏は、藤壺との秘事《ひじ》の罪の発覚を恐れ、自ら京の都を退去しました。世間への表向きの理由は、朧月夜との密会を罪として見せかけています。朧月夜は、源氏の本心を知らず、自分に非があると思い込み、責任を感じて苦悩しています「須磨」［六］。源氏は、その様子を聞いて涙していますが、涙の理由を考えさせられます）

姫君（紫の上）からの返事は、たいそう心の籠った手紙で、細々《こまごま》と丁寧に書かれていた。源氏は、しみじみとした思いになるばかりである。

紫の上　**浦人のしほくむ袖《そで》にくらべみよ波路《なみぢ》へだつる夜の衣《ころも》を**

（浦人［海辺に住む人］の潮《しお》を汲《く》む袖が濡れるように、貴方の袖も、涙で濡れているようですが、比べてみて下さい。遠く波路を隔てた京の都で、毎夜、独りで涙を流す私の衣と）

手紙とともに送り届けられた装束の色や仕立てられ方は、たいそう美しく、素晴らしいものであった。

源氏は、姫君が何事に於《お》いても優《すぐ》れた人で、上品に振る舞う様子に、思い通りに育て上げた思いになる。

源氏（内心）「今こそ、本来ならば、他の女方との遊《すさ》び事《ごと》に心《こころあわただ》慌しくすることも、面倒な思いをすることもなく、姫君と静かに暮らせるはずであったのに」

と、思うと、ひどく悔しい。昼も夜も、姫君の面影が目に浮かび、耐えられない思いになる。

源氏（内心）「やはり、密《ひそ》かに、姫君を須磨に迎えてしまおうか」

と、思うものの、また考え直して、

源氏（内心）「いや、どうしてそのようなことができようか。せめて、この憂き世で、罪滅ぼしをしなければ」

と、藤壺との秘事の罪を思うと、そのまま精進《しょうじん》を続けて、明けても暮れても勤行《ごんぎょう》に励んでいる。

大殿《おおとの》（元左大臣）からの返事に、若君（夕霧《ゆうぎり》）の様子などが書かれているのを見ると、

源氏（内心）「たいそう悲しいけれども、いずれ、時が来れば会えるだろう。頼りになる人々が傍にいるのだから、心配することはないのだ」

と、思っている。

〈古歌には「子を思ふ道にまどひぬるかな」と詠まれているが、源氏の場合、この道（子の道）だからと言って、必ずしも迷うものでもないようである〉

（読者として……源氏にとっては、春宮も夕霧も実の息子です。それぞれへの父親としての思いの違いを、紫式部は、言葉で表しているように感じます）

［一三］

〈まことや（そう言えば）、多くの事があり過ぎて、慌《あわただ》しさに紛《まぎ》れて書き漏《も》らしていました〉

あの伊勢《いせ》の宮《みや》（六条御息所《ろくじょうのみやすどころ》）の所にも、源氏は、使いの者を行かせていた。あちらからも、わざわざ須磨まで、使いの者が返事を届けにやって来た。六条御息所は、源氏への浅くはない思いを、あれこれと書いていた。言《こと》の葉《は》や筆遣《ふでづか》いは、誰よりも格別な優美さと風情があり、たいそう思慮《しりょぶか》深い方に思われる。

六条御息所（手紙）「やはり現《うつつ》とは思えぬお住まいの様子をお聞きして、明けぬ夜《よ》の闇《やみ》を迷っておられるのではないかと心配しておりまして。そうは言っても、長い年月を過ごされることはなく、京の都へお戻りになるだろうと、推察しております。私の方こそ、神事《しんじ》に携《たずさ》わる斎宮《さいぐう》に仕えて、仏には罪深い身の上ですから、再び、お目に掛かり、お話することができるのは、遠い先のことでしょう。

うきめ刈る伊勢をの海人《あま》を思ひやれもしほたるてふ須磨《すま》の浦にて

（浮海布《うきめ》［水面に浮いている海藻］を刈《か》る伊勢の海人のように、憂《う》き目《め》に会っている私に思いを馳せて下さい。貴方が、藻塩《もしお》たれつつ、涙に濡れていると言われる須磨の浦から）

万事につけて、思えば心の乱れる世の中の有様です。これから先、さらに、どうなってしまうのかと」

などと、多くの事が書かれている。

六条御息所　**伊勢島や潮干《しほひ》の潟《かた》にあさりてもいふかひなきはわが身なりけり**
（伊勢島で、潮の引いた干潟《ひがた》を漁《あさ》っても貝《かい》がないような、何の甲斐《かい》もない、取るに足りない我が身でございました）


しみじみとした思いのままに、筆を、置いては書き、置いては書きを繰り返しながら書いた様子である。白い唐《から》の紙を四、五枚ほど継《つ》いだ巻紙《まきがみ》で、墨の色も濃淡などが素晴らしく、見応《みごた》えのある手紙である。

源氏（内心）「もともと懇意《こんい》になれず、気の毒に思っていた方（六条御息所）ではあったが、あの一件（物の怪となって正妻葵の上を死なせたこと）から、嫌《いや》な方であると思い込み、私も心を乱してしまった。あちら（六条御息所）でも、私を不愉快に思われて、それで伊勢に行かれてしまったのだ」

と、思うと、未《いま》だに気の毒になって、畏《おそ》れ多くも、もったいないことであったと後悔している。

心寂しくしている折に返事が届いたので、しみじみと嬉しく、使いの者にまで親しみを感じている。二、三日引き止めて、かしこの物語（伊勢にいる六条御息所の様子など）をさせて、聞いている。

　この使いの者は、若々しく趣《おもむき》のある侍《さぶらい》（従者）であった。この須磨の寂しい住まいでは、侍のような身分の低い者であっても、しぜんと、離れた場所ではなく、近くに寄って仕えている。

ほのかに源氏の姿や容姿を見上げては、
侍（内心）「たいそう立派な方だ」

と、感極《かんきわ》まり、涙を落しているのだった。


〈源氏は、六条御息所に手紙の返事を書いている。読者は、その言《こと》の葉《は》（言葉の意味）について、想像しなければなりません〉

源氏（手紙）「このように、世間を離れねばならぬ身の上と分かっていたならば、どうせ同じことだったのですから、『貴女（六条御息所）を慕《した》って伊勢へ参れば良かったものを』などと思ってしまいます。所在なく心細く過ごす気持ちのままに、

伊勢人の波の上こぐ小舟《をぶね》にもうきめは刈らで乗らましものを

（伊勢人［六条御息所］が波の上を漕ぐ小舟に、私も乗ればよかったです。須磨の浦で浮海布《うきめ》を刈るように、憂《う》き目《め》を見るのではなく）

海人《あま》がつむ嘆きの中にしほたれていつまで須磨の浦にながめむ

（海人が、塩焼く投げ木《なき》を積《つ》みながら、海の水に濡れつつ嘆《なげ》くように、涙で袖を濡らす私は、いつまで、須磨の浦の景色を眺めることになるのでしょう）

お目に掛かってお話できるのは何時になるのか。分からないことこそ、限りない悲しみでございまして」

などと、書かれていた。

〈このように、源氏は、どの方々にも、おぼつかなからず（はっきりと）思いを伝えて、手紙を交《か》わしている〉

（読者として……手紙を受け取った人々は、皆、心を揺《ゆ》さぶられて悲しみを深くしています。源氏がはっきりと思いを伝えながらも、その言葉の意味するところは何か。読者には、言葉巧みに振る舞う源氏の人物描写から、その本心を読み取る想像力が求められ、筆者紫式部の視点の鋭さと、読者への期待《きたい》を感じます）

花散里からも、姉麗景殿女御《れいけいでんのにょうご》とともに返事が届く。悲しみのままに集められた言葉で書かれている。風情はあるものの、他の人々とは違う内容の手紙に感じられる。源氏は、姉妹の手紙を、どちらも見ながら心を慰めてはいるが、物思いの種になることも、あるようである。

花散里　**荒れまさる軒のしのぶをながめつつしげくも露のかかる袖《そで》かな**
（ますます荒れてゆく軒《のき》の忍草《しのぶぐさ》を、長雨《ながあめ》の中、眺《なが》めながら貴方を偲《しの》んでいます。茂《しげ》みの露のように、多くの涙が絶え間なく流れ、袖に掛かって濡れるばかりです）

と、書かれている。それを見て、

源氏（内心）「いかにも、葎《むぐら》の生い茂る邸（花散里）では、他に頼る人もいない有様で、暮らしておられるのだろう」

と、思いを馳せていると、

供人「長雨で、お邸《やしき》の築地《ついじ》が、あちらこちら崩れてしまっている有様でして」

と、言う。源氏は、それを聞いて、京の自邸（二条院）の家司《けいし》のもとに知らせの使いを送り、京の都に近い国々の御庄《みそう》（荘園）の者などを呼び集めさせて、花散里の邸の築地の修理などをするように、のたまはす（命じている）。

（読者として……文末の「のたまはす」は、「のたまふ」よりも重い敬意を表す言葉で、帝、后、春宮、上皇などだけに用いられる最高敬語です。源氏が無位無官の立場であるにも拘《かかわ》らず使われていることは異例です。京の都を退去した謹慎《きんしん》の身の上でありながら、今なお、思い通りに権力を振《ふ》るう様子を、筆者紫式部が、嫌味《いやみ》を込めて書いているようにも感じます）

［一四］

尚侍《かん》の君《きみ》（朧月夜）は、源氏との仲が世間に知れ渡り、物笑《ものわら》いの種《たね》となってしまったことで、ひどく気落ちしていた。右大臣にとっては、たいそう可愛がって育てた娘であるから、懇《ねんご》ろに、弘徽殿大后《こきでんのおおきさき》（朧月夜の姉）と帝（弘徽殿大后の皇子、源氏の異母兄）に許しを願い出る。兄帝（内心）「尚侍は、掟《おきて》のある女御《にょうご》や更衣《こうい》などの御息所《みやすどころ》の身分ではなく、公の宮仕《みやづか》えの身分に過ぎないのだから」と、お考えになる。右大臣方にとっては、憎むべき源氏との一件であったから、尚侍の君は重い処分になっていたのである。帝のお許しにより、参内《さんだい》できることにはなったものの、やはり心に染みついてしまった源氏のことを、しみじみと思い浮かべるばかりであった。

七月になって、女君（朧月夜）は参内した。帝は、今でもたいそう愛しい思いを抱いている。人の非難を気にすることもなく、それまでのように傍にぴたりと付き添わせ、あれこれと恨み言を言いながらも、愛情深い言葉で将来を約束される。帝のお姿や雰囲気は、たいそう優美で美しい。しかし女君は、心の中で、源氏の事ばかりを思い出していた。

〈畏《おそ》れ多《おお》いことである〉

管弦《かんげん》の遊びの折、

兄帝「あの人（源氏）がいないと、たいそう物足りないな。さぞ、私よりも、もっと、そのように思う者は多いのであろう。何事につけても、源氏がいないと、光を失ったような気持ちになるものよ」

と、話をされる。

兄帝「父院の『源氏を頼りにせよ』とのご遺言に、私は背《そむ》いてしまったのですよ。罪を犯しているこ とになるのだろうか」

と、言われながら涙ぐむと、もはや堪《こら》えることはできない。

兄帝「『世の中とは、生きていても虚《むな》しいものであった』と思い知りましたから、長生きをしたいとは思わなくなりました。もし私が、あの世へ逝《い》ったならば、貴女は、どのように思われますか。近い所の別れ（京の都から近い須磨に退去している源氏との別れ）ほど、貴女に悲しんでもらえず、見下《みくだ》されたならば悔しいですよ。『生ける世に』と古歌にありますが、なるほど、辛い思いをしている人の詠んだ歌なのでしょう」

と、たいそう親しみの感じられるご様子で、物事について、正直に、しみじみとお話をされる。

女君は、ほろほろと、涙がこぼれ落ちた。

兄帝「その涙のことですよ。私と源氏、どちらのために流れ落ちる涙なのですか」

と、言う。

兄帝「これまで、貴女との御子が生まれず、心寂しい思いをしていました。父院の遺言に従い、春宮を私の皇子のように大切に思いながらも、一方で、それに反対する者もいます。良からぬ出来事も次々と起こり、苦しい思いをしているのです」

などと、帝の意に背《そむ》いて、世の政《まつりごと》を握る者（祖父右大臣、母弘徽殿大后）のいることなどを話される。

　帝は、まだ年が若く、気丈さもないご様子で、
朧月夜（内心）「お労《いたわ》しい」

と、思うことが多いのだった。

［一五］

須磨では、たいそう心尽《こころづ》くしの秋風が吹く季節となった。海から少し離れていても、行平《ゆきひらの》中納言《ちゅうなごん》（在原行平《ありわらのゆきひら》）「須磨」［一〇］が、「関吹《せきふ》き越《こ》ゆる（須磨の浦風《うらかぜ》）」と歌に詠んでいる、海辺を吹く風と打ち寄せる波の音が、夜になると、すぐ近くから聞こえてくるように感じられる。源氏（内心）「またなくあはれなるもの（この上ない風情）とは、このような場所の秋のことだったのか」

と、感じ入っていた。

（読者として……「心尽くしの秋風」は、『古今和歌集』の一首《いっしゅ》、「木《こ》の間《ま》よりもりくる月の影見れば心づくしの秋は来にけり［読み人しらず］」の引歌《ひきうた》と考えられています。「心尽くし」は、「物思いの限りを尽くす」という意味です。古来、秋の情趣《じょうしゅ》は、この歌によって深まったとされ、筆者紫式部も効果的に用いているようです）

御前は、すっかり人がいなくなった。皆、寝てしまっている中で、源氏は独《ひと》り、目を覚ましていた。枕を高くして横になり、四方《よも》（東西南北）からの嵐《あらし》（激しい風）の音を聞いていると、波が直《す》ぐそこまで、打ち寄せてくるような心地になる。涙が零《こぼ》れ落ちていることにも気付かず、枕の浮くばかりの有様である。琴《きん》「須磨」［五］を少し掻《か》き鳴《な》らしてみるが、我ながらぞっとするほど寂しい音に聞こえて、途中で弾くのをやめてしまう。

源氏　**恋ひわびてなく音《ね》にまがふ浦波は思ふかたより風や吹くらん**

（恋しさに苦しんで、泣く声にも聞こえる浦波の音は、思いを寄せる人のいる、京の都の方角から、風が吹いてくるからだろうか）

と、歌を詠む。人々は驚いて目を覚まし、素晴らしい歌に感嘆し、我慢できなくなる。ただもう起き出して、皆そろって鼻をこっそりかんでいる。

源氏（内心）「本当のところ、供人達は、どのように思っているのだろうか。この私一人のために、それぞれ身分に応じて、親兄弟や、片時も離れたくないと思うに違いない家族に別れを告げて、このような見知らぬ土地をさ迷っているのであるからな」

と、思うと、悲しくもなるが、

源氏（内心）「このように、私が、ひどく気落ちしている姿を見せていたら、皆、心細く思うだろう」

と、思い、昼間は、何かにつけて戯《たわぶ》れ言《ごと》（冗談《じょうだん》）を言って気を紛《まぎ》らわし、気の向くままに、色とりどりの紙を継いで、手習《てならい》（慰《なぐさ》みに、和歌などを思いつくままに書くこと）をしている。珍しい唐《から》の綾織物《あやおりもの》などにも、様々な絵を遊び心で描いている。それらを屏風《びょうぶ》の面《おもて》（表面に貼る絵）にしてみると、たいそう素晴らしく、見応《みごた》えのあるものとなった。

かつて、人々の語り合う海や山の風情「若紫」［三］を、遥《はる》かな土地のこととして想像していたが、今、目の前で見てみると、実に、これまでには思いも及ばなかった磯《いそ》の景色である。源氏は、またとないほど素晴らしい絵に描いて、溜《た》めている。

供人達「近頃、京の都で上手《じょうず》（名人）と評判の千枝《ちえだ》や常則《つねのり》（村上天皇の頃の実在人物）などを呼び寄せて、源氏の君の墨書《すみが》きを、作り絵（彩色した絵）にさせたいものよ」

と、互いに、もどかしく思っている。

源氏の優しく立派なお姿に、供人達は、この世の憂《うれ》いを忘れる思いになる。お傍近くに仕えることを嬉しく思い、いつも、四、五人ほどが控えている。

庭の植え込みの花が色とりどりに咲き乱れ、風情のある夕暮れ時、源氏は、海の見渡せる廊《ろう》に出て佇《たたず》んでいる。その姿は、不吉に思えるほど優雅で、須磨の寂しい土地柄の中では、ますます、この世のものとは思えないほど美しく見える。

白い綾織《あやおり》の柔らかな単衣《ひとえ》に、紫苑色《しおんいろ》の指貫《さしぬき》（袴《はかま》の一種）などを着て、色の濃い直衣《のうし》や帯は、無《む》造作《ぞうさ》に乱れた恰好をしている。

源氏「釈迦牟尼仏弟子《しゃかむにぶつのでし》」

と、名乗りながら、ゆっくりと経を読む。この世にまたとないほど素晴らしい声に聞こえる。

沖を通るいくつもの船からは、舟歌を歌いながら漕いでいる人々の大きな声が聞こえてくる。船の影は微《かす》かで、ただ小さな鳥が浮かんでいるかのように見えて、心細い風景である。雁《かり》が列《れつ》を連《つら》ねて飛びながら鳴く声は、船の楫《かじ》の音に思えるほど、よく似ている。

源氏が、ぼんやりと景色を眺めながら、こぼれる涙を払《はら》い除《の》ける手つきは、黒い数珠《じゅず》に映《は》えて美しい。故郷《ふるさと》の女を恋しく思う供人達は、皆、心の慰められる思いだった。

源氏　**初雁《はつかり》は恋しき人のつらなれやたびのそらとぶ声の悲しき**

（初雁［その秋、初めて北方から渡来《とらい》した雁］は、都にいる私の恋しい人の仲間なのだろうか。旅の空を飛ぶ声が悲しく感じられる）

と、歌を詠むと、

良清　**かきつらね昔のことぞ思ほゆる雁はその世のともならねども**

（並んで飛ぶ雁を見ていると、次々と連なるように、昔のことが思い出されます。雁は、その当時の友ではなかったけれども）

民部大輔《みんぶのたいふ》（惟光）**心から常世《とこよ》をすててなく雁《かり》を雲のよそにも思ひけるかな**
（自《みずか》ら常世の国を捨て、鳴きながら飛ぶ雁を、今までは雲の彼方《かなた》のよそ事に思っていました。まさか、私自身が同じ身の上になるとは）

前右近将監《さきのうこんのぞう》（紀伊守《きのかみ》の弟、伊予介《いよのすけ》の子）
「**常世いでて旅の空なるかりがねも列《つら》におくれぬほどぞなぐさむ**
（常世の国を出て、旅の空を飛びながら鳴く雁の声に、列から遅れずにいるうちは、心は慰められることでしょう）
友を見失ったならば、どうすればよいものか」

と、言う。父親（伊予介、空蟬《うつせみ》の夫）が常陸介《ひたちのすけ》となって下向《げこう》した際には付いて行かず、源氏の供人となって、須磨までやって来たのだった。下《した》（内心）では、あれこれと思い悩んでいるに違いないが、外見では誇らしそうにして、平然と振る舞っている。

月がたいそう明るく、美しく輝きながら昇り始めた。

源氏（内心）「今宵《こよい》（今夜《こんや》）は、十五夜《じゅうごや》（旧暦八月十五日の夜、中秋《ちゅうしゅう》の名月《めいげつ》）であったな」

と、思い出し、殿上《てんじょう》（清涼殿《せいりょうでん》の殿上の間）で行われていた管弦の遊びを恋しく懐《なつ》かしみ、

源氏（内心）「あちらこちらの女方も、月を眺めておられることだろう」

と、思いを馳せる。月の顔ばかりを、じっと見つめずにはいられない。

源氏「『二千里外故人心《じせんりのほかこじんのこころ》』（二千里の彼方《かなた》にいる友を思う）」（『白氏文集』）

と、朗詠《ろうえい》しながら、いつものように涙を止めることができない。かつて入道の宮が、

藤壺「『霧やへだつる』」「賢木」［二四］

と、歌に詠まれていた時のことを思い出し、言いようもなく恋しくなる。その時々のことが頭に浮かび、

源氏「よよ」

と、泣いてしまう。

供人「夜も更けました」

と、伝えても、そのまま動かず、部屋に入ろうとしない。

源氏　**見るほどぞしばしなぐさむめぐりあはん月の都は遥《はる》かなれども**

（月を見ている時だけは、暫《しば》くでも心が慰められる。また巡り合いたい。月の都のように、京の都は遥《はる》か彼方《かなた》であるけれども）

あの夜「賢木」［一三二］は、兄帝も、たいそう懐《なつ》かしそうに、昔物語（思い出話）をされていた。その姿が、故父院によく似ておられたことを恋しく思い出して、源氏「『恩賜《おんし》の御衣《おんぞ》は今此《いまここ》に在《あ》り』」（『菅家後集《かんけこうしゅう》』菅原道真《すがわらみちざね》著作の漢詩集）と、朗詠しながら、部屋の奥へ入って行った。兄帝から頂戴した御衣（物語に記述はない）を、詩の言葉通りに、身から離さず傍《かたわ》らに置いている。

源氏　**うしとのみひとへにものは思ほえでひだりみぎにもぬるる袖《そで》かな**

（兄帝を恨めしいとばかりに思うこともできず、左に右に、恋しさと辛さの涙で、袖は濡れるばかりであることよ）

［一六］

その頃、大弐《だいに》（大宰大弐《だざいのだいに》、大宰府《だざいふ》の次官、五節《ごせち》の君の父。「花散里」［一二］）が、上京して来た。親類縁者が多く、たいそうな勢いで、娘もたくさんいて大所帯《おおじょたい》なので、北の方（正妻）の一行は、船で都に上《のぼ》っていた。浦伝《うらづた》いに逍遥《しょうよう》（遊覧《ゆうらん》）しながら舟を進めて、須磨の浦にやって来た。他所《よそ》よりも美しい景色に、心惹かれて眺めていると、供人「大将（源氏の君）が、京の都を退去して、この浦で、侘《わ》び住《ず》まいをしておられます」と、言う。それを聞くと、恋愛好きの若い娘達は、ただもう舟の中にいてさえも落ち着かず、心化粧《こころげしょう》（相手を意識して容姿に気を配る）をはじめている。まして五節の君は、綱手《つなで》も引かずに通り過ぎて行くことを残念に思っている。

（読者として……源氏と五節の君の関係について、物語上、詳しくは語られていません）

琴《きん》の音色が、風に乗って、遥《はる》か遠くから聞こえてくる。須磨の浦の光景、源氏の君の様子、楽《がく》の音色の心細さなど、様々な情景が重なって、風情の分かる者は、皆、涙を流していた。

帥《そち》（大弐）から便りが届いた。

大弐（手紙）「たいそう遠く離れた土地（筑紫《つくし》）から上京して参りました。京の都に着きましたら、まずは源氏の君に参上し、都の様子などのお話を承《うけたまわ》りたいと思っておりました。思い掛けず、この地におられるとのこと、お住まいを通り過ぎることは、畏《おそ》れ多《おお》く、悲しい思いではございますが、知り合いの者や親戚の者達が、ここまで大勢出迎えに来ており、窮屈《きゅうくつ》な思いをしております。ご遠慮すべき訳《わけ》も多くありますので、お伺《うかが》いもできませず。また改めて、参上致したく思っております」

などと、伝えた。

（読者として……大弐を出迎えに来た人々は、源氏の味方とは限らず、右大臣寄りの者が含まれているかもしれません。時勢に配慮した文面になっています）

　大弐の子、筑前守《ちくぜんのかみ》が手紙を持って参上した。かつて、源氏が蔵人《くろうど》に昇格させた者であった。筑前守は、源氏の境遇をたいそう悲しく思いながらも、やはり周囲の目を気にして、噂になることを恐れ、長居《ながい》はしない。

源氏「京の都を離れてからこれまで、昔、親しくしていた人々とも会うことは難しくなるばかりであった。このように、わざわざ立ち寄ってくれて」

と、言う。大弐への返事にも、同じように書かれていた。筑前守は、泣く泣く戻り、源氏の君の様子を報告する。帥（大弐）をはじめとして、京の都から迎えに来た人々は、辺り一帯が不吉になるほどの泣き声を上げていた。

五節も、どうにか内密に工夫をして、源氏に手紙を届けていた。

五節（手紙）「**琴の音《ね》にひきとめらるる綱手縄《つなでなわ》たゆたふ心君しるらめや**（琴《きん》の音《ね》に引き止められて、綱手縄のように揺れる私の心を、源氏の君は感じて下さるでしょうか）

色めいていると、『人な咎《とが》めそ』（古歌のように責めないで下さい）」

と、書かれていた。源氏は、少し笑みを浮かべながら手紙を見ている。その姿は、周りの者の目には、たいそう立派に見える。

源氏「**心ありてひきての綱のたゆたはばうち過ぎましや須磨《すま》の浦波**

（私のことを思って、引き手の綱のように心が揺れるのならば、そのまま、素通《すどお》りできるものでしょうか。この須磨の浦波で）

『いさりせむ』（古歌のように、漁《いさ》る気持ちになる）とは、思いもしませんでしたよ」

と、返事をする。

「駅《うまや》の長《おさ》にくしとらする人」と故事にもあるが、言うまでもなく五節の君は、舟を降りてでも、須磨の浦に留《とど》まりたい思いを、抱いているのだった。

［一七］

京の都では、月日が過ぎ行くにつれて、兄帝をはじめとして、源氏を懐かしむ折節《おりふし》も多いのだった。

春宮（藤壺と源氏の秘事の息子）は、ますます、頼りにしていた源氏を、始終《しじゅう》、思い出しながら忍び泣いている。そのお姿を傍で見ている御乳母《めのと》や、言うまでもなく命婦の君（王命婦）は、たいそう気の毒に思いながら仕えている。

（読者として……春宮は、藤壺と源氏の秘事の罪について知りません。源氏を異母兄と思いながら、臣下の後見人として頼りにしています。王命婦は真相を知る人物です）

入道の宮（藤壺）は、春宮の身の上に、忌《いま》わしいことが起きないか（秘事の罪の露見）と、常に心配でならないのに、その上、大将（源氏）までも、このように流浪《るろう》する身の上となってしまったことを嘆き悲しんでいる。

源氏の兄弟である皇子《みこ》達や親しくしていた上達部《かんだちめ》なども、初めの頃は、見舞いの便りなどをして、しみじみとした趣深《おもむきぶか》い詩文を作り、互いに交わしていた。そのようなものでさえも、源氏の詩文は世間で評判となるばかりで、后《きさい》の宮（弘徽殿大后、兄帝の母）は、その噂を耳にすると、激《はげ》しく罵《ののし》っていた。

弘徽殿大后「朝廷の勘事《こうじ》（咎《とが》め）を被《こうむ》った者は、思いのままに、この世の食べ物を味わうことさえ難しいというではないですか。それなのに、住まいを風流にして、世の中（天下の政治、世情）を悪く言って、あの『鹿を馬と言った人がひねくれている』とされた故事《こじ》（『史記』）のように、こびへつらっている者達がいるとは」

などと、荒々しいことを言っている様子であるとの噂も立って、

人々（内心）「面倒なことだ」

と、思い、源氏に便りをする者は、まったくいなくなってしまった。

二条院（源氏自邸）の姫君（紫の上）は、月日の流れるままに過ごしているが、気の晴れる折もない。

東の対《たい》（源氏の住まい）で仕えていた女房達は、皆、姫君の住まい（西の対）に移って仕えている。当初、女房達は姫君について、

女房達「どうして、それほど美しい人ではあるまい」

と、思っていたのである。しかし、仕《つか》えているうちに、親しみの感じられる素晴らしい人柄で、誠実な心遣いをされる思い遣りの深い優しい方であると分かり、暇《いとま》を取ってまで去って行く者は誰もいなかった。紫の上は、源氏から格別な扱いを受けていた身分の高い女房達には、時折、微《かす》かに姿を見せることもあった。

女房達「源氏の君が、多くの女方の中でも、姫君に、特別な思いを寄せられていたのは、ごもっともなことでございました」

と、思いながら、お見上げしている。

［一八］

須磨の住まいでは、長い月日が経つほどに、源氏は、祈りながら、じっと耐え忍んで過ごすことに、我慢できなくなっていた。しかし一方で、

源氏（内心）「我が身でさえも、嘆かわしい宿世《すくせ》であると思う住まいに、どうして姫君（紫の上）を迎えて、一緒に暮らすことができようか。できるはずもない」

と、思い直していた。

その土地では当たり前のことであっても、何もかもが、京の都とは様子が違う。自分（源氏）のことを何も知らない下人《しもびと》がいるとは、思ったこともなかった。心外《しんがい》であり、自分のことが、みっともなく思えてくる。

時々、煙がたいそう近くで立ち昇り、漂《ただよ》って来る。

源氏（内心）「これが、海人《あま》の塩を焼く煙なのだろう」

と、思い続けていたところ、実は、住まいの後ろの山で、柴《しば》というものを燻《いぶ》している煙だった。

滅多に見ない光景に、歌を詠む。

源氏　山がつのいほりに焚《た》けるしばしばもこと問ひ来《こ》なん恋ふる里人

（山人《やまびと》が庵《いおり》で焚いている柴ではないが、しばしば、私に手紙を送ってほしい。恋しい故郷の人よ）

冬になり、雪の降る荒れた天気の続く頃、源氏は、異様なほど寂しい空模様を眺めながら、心の赴《おもむ》くままに琴《きん》を弾いている。良清に歌を唄わせ、大輔《たいふ》（惟光）が、横笛を吹いて、管弦の遊びとなる。

源氏が、心を込めて、しみじみとした音色を奏《かな》でると、皆、楽器の演奏を止めて、涙を拭《ぬぐ》い合《あ》っている。

源氏は、故事《こじ》にある「『胡《こ》の国に遣《つか》はしけむ女』」（王昭君《おうしょうくん》）を思い浮かべて、

源氏（内心）「いわんや、どのようになってしまうのだろうか。この世で、自分の愛《いと》しく思う人などを、あのように、遠くに手放してしまうことになったならば」

などと思うと、実際に起《お》こってしまうのではないかと恐ろしく感じて、

源氏「『霜の後《のち》の夢』」（王昭君）

と、朗詠《ろうえい》する。月の光がたいそう明るく射し込んで、粗末な旅の御座所《おましどころ》（貴人の敷物や寝床）は奥の方まで影もない。床《ゆか》（寝所）の上には、夜更《よふ》けの空も見える。入り方（沈もうとする頃）

の月影（月の光）が、ひどく寂しく見える。
源氏「『ただ是《こ》れ西に行くなり』」（『菅家後集』）
と、独り言を呟《つぶや》く。
源氏　**いづかたの雲路《くもぢ》にわれもまよひなむ月の見るらむこともはづかし**
（どちらの雲路に、私は迷い込んで行こうとしているのか。西へ沈む月が、私を見ているように思えて恥ずかしくなる）
と、独り言を呟きながら、いつものように、微睡《まどろ》むこともないままに暁《あかつき》（夜明け前）を迎える。
空では千鳥《ちどり》が、たいそうしみじみとした風情で鳴いている。
源氏　**友《とも》千鳥もろ声に鳴くあかつきはひとり寝ざめの床《とこ》もたのもし**
（友千鳥［群れをなしている千鳥］が、声を合わせて一緒に鳴いている。暁に、独りで目を覚ます床であっても、心強い気持ちになる）
他に起きている者はおらず、繰り返し独り言を呟きながら、横になっている。

源氏が夜更《よふ》けに、手水《ちょうず》（手や顔を洗い清める水）を使って、念誦《ねんじゅ》（念仏誦経《ねんぶつずきょう》）などをしている姿に、供人達は、滅多にないことのように、喜ばしく思うばかりである。源氏の君を見捨てられるはずもなく、京の自分の家に、ほんの暫《しばら》くでも帰ろうとして出て行く者はいなかった。

（読者として……紫式部は、故事を引用しながら、源氏の心境の変化を描写しています。「ただ是れ西に行くなり」と決意をしている心理描写には、明石入道の娘の噂話「若紫」［三］を、執着心の性格から、忘れることができずに思い出していると想像できます。西に沈む月が、西の明石《あかし》に向かう決意をしている自分の下心を見抜いているかのようにも思えて、恥ずかしさを感じている描写までされています。源氏は、友千鳥の鳴き声に、心強い相棒を得たような気持ちになって、期待に胸を膨らませ、夜更けに念誦までするようになっています。「明石」の巻への導入場面です）

［一九］

明石の浦は、須磨の浦から近い場所で、歩いても行ける距離である。良清朝臣《よしきよのあそん》「須磨」［一〇］は、あの明石入道《あかしのにゅうどう》の娘を思い出し、文（手紙）などを届けていたのであるが、返事はなかった。代わりに、
明石入道「申し上げるべきことがございまして。ほんの少しでも、対面して頂きたく」

と、言ってきた。

良清朝臣（内心）「娘とのことは、承知しないだろうから、こちらから出向いて行っても、虚《むな》しい思いで帰ることになるだけだろう。自分の後ろ姿は、みっともないに違いない」

と、思うと、ひどく気が滅入《めい》って、出向かなかった。


明石入道は、並々ならぬ身《み》の程《ほど》知らずの心高い人（理想の高い思い上がった人）である。国の中では、国守《こくしゅ》に縁《ゆかり》のある者だけが、身分の高い者と見なされているようであった。しかし、ひねくれた性分の明石入道は、まったく、そのような気持ちを抱《いだ》くこともなく、年月を過ごしていた。そのような中で、「源氏の君が、須磨の浦にお越しになっている」との噂を耳にしたので

ある。母君（入道の妻、娘の母）に話を持ち掛けて言うには、
明石入道「桐壺更衣《きりつぼのこうい》の息子、源氏の光る君が、朝廷に対する御謹慎《きんしん》で須磨の浦にお越しになっているそうだ。吾子《あこ》（我が娘）の御宿世《すくせ》（宿命）、思い掛けないことになったぞ。この機会に、どうにかして、源氏の君に娘を差し上げたいものだ」
と、言う。
明石入道の妻「まあ、なんてみっともないことを。京の都の人の話を聞くところによれば、源氏の君は、身分の高い女方を、たいそう多く妻にしておられるようで、挙句《あげく》の果《は》てには、ごく内密に、帝の御妻《みめ》（朧月夜）にまで過ちを犯したそうですよ。これほど世間で騒がれている方が、どうして、このような身分の低い山賤《やまがつ》（明石入道の娘）に、心をお留めになることがありましょうか」
と、言う。明石入道は、腹を立てて、
明石入道「お分かりになるまい。私の考えていることは、特別なことなのだ。そのように思っていなさい。折を見て、こちらにもお出《い》でいただこう」
と、得意になって話す姿は、見苦しいほどの頑固者《がんこもの》に見える。源氏を迎えるために、邸内を目映《まばゆ》いばかりに飾り立て、娘の世話を焼いているのだった。

明石入道の妻「どうして、身分の高い方だからと言って、娘の初めての結婚に、罪を犯して流されて来た人に、望みを懸けるのでしょうか。たとえ、そのように願っても、心に留めて下さるならまだしも、戯《たわぶ》れ事《ごと》になるならば、とんでもないことです」

と、言う。妻の的《まと》を射《い》た言葉に、明石入道は、たじたじとなって呟《つぶや》くように話す。

明石入道「罪に当たるようなことは、唐土《もろこし》でも、我が朝廷《みかど》でも、このように世の中で際立《きわだ》ち、何事においても人とは違う格別な人には、必ずあることなのだ。どれほど素晴らしい方か分かっているのか。源氏の君であるぞ。故母御息所《みやすどころ》(桐壺更衣)は、私の叔父《おじ》按察大納言《あぜちのだいなごん》の娘である。たいそう素晴らしいとの評判で、宮仕えに出仕され、国王(帝、源氏の父)の格別な寵愛を受けて、並び立つ者のいないほどであったのに、人の妬《ねた》みがひどくて、亡くなられたのだ。源氏の君が、この世に生き残っておられることは、たいそう喜ばしいことなのだ。女(娘)は、理想を高く持って、つかう(仕える、使う)べきだ。私がこのような田舎人であっても、源氏の君は、娘をお見捨てにはなるまい」

などと、言っていた。

この明石入道の娘は、優《すぐ》れた顔立ちではないものの、親しみの感じられる、優美で上品な人柄で、気立ても良く、いかにも、高貴な女方にも劣らぬ有様であった。しかし娘は、自《みずか》らの身の程を思い知っている。

明石の君（内心）「身分の高い方は、私ごときを、人数《ひとかず》に加えることは思いもされないだろう。だからと言って、身の程の結婚はしたくない。長生きして、私を大事に育てて下さった親達に先立たれたならば、尼にでもなってしまおう。海の底にでも入ってしまおう」

などと、思っているのだった。

　父君（明石入道）は、大袈裟《おおげさ》なほど大切に娘の世話をして、年に二度、住吉《すみよし》神社に参詣《さんけい》もさせていた。神の御加護を、人知れず頼みにしているのだった。

（読者として……明石入道が、宿願［野望］を果たすために神社に参詣する際の心情を、紫式部は、透《す》かさず、「人知れず」と描写しています。俗世を捨てて仏道に入った法師でありながら、娘を高貴な人に嫁《とつ》がせることを願い、神に祈る身勝手な有様を、自らも、後ろめたく認識していることを描写しています）

［二〇］

年が明けて日も長くなった。須磨では、源氏が所在《しょざい》無く独り寂しく物思いに沈んでいる。庭に植えた若木の桜がわずかに咲き始め、空の眺めも穏やかなのに、あれやこれやと様々なことを思い出し、声を上げて泣くことが多かった。二月《きさらぎ》二十日《はつか》過ぎの頃、去年、京の都を離れる際、辛い思いで別れて来た人々の様子などが恋しくなる。

源氏（内心）「宮中南殿《なでん》の桜は、今頃、花盛りになっているだろう」

と、先年、花の宴「花宴」［一］で、帝（故父院、当時の帝）がご機嫌《きげん》な様子であったことや、春宮（兄帝、当時の春宮）が、美しく優雅に自作の詩句を唱えておられた姿を思い出す。

源氏　**いつとなく大宮人《おほみやびと》の恋しきに桜かざしし今日《けふ》も来にけり**

（いつも、大宮人［宮中に仕える人］を恋しく思っている。桜をかざして楽しんだ春の日が、今日もまた巡ってきたことよ）

源氏が、たいそう所在無く過ごしている頃、京の都では、大殿（元左大臣）の息子三位中将《さんみのちゅうじょう》が、今では宰相《さいしょう》になっていた。人柄もたいそう良いので、世間での評判は高いものの、世の中をしみじみとつまらなく思い、何かの折ごとに、源氏の君を恋しく思っている。

（読者として……三位中将は、右大臣の娘四の君［弘徽殿大后の妹］を正妻にしているので、今の世でも重用《ちょうよう》されているようです。「賢木」［三二］では、右大臣との不仲が描かれていました）

宰相（中将）（内心）「須磨に源氏の君を訪ねて、たとえそれが噂となって、罪に当たると非難されたとしても構《かま》うものか」

と、心に決めると、直ぐに訪ねて行った。

源氏の姿を一目《ひとめ》見るなり、久しぶりで懐かしく、嬉しさから、涙が一つ、零《こぼ》れ落ちた。

宰相（中将）の目に映《うつ》る源氏の住まいは、言いようがないほど唐《から》めいて、異国の風情であった。住まいの様子は、まるで絵に描いたようで、竹を編《あ》んだ垣根をめぐらして、石の階段や松の柱など、簡素ではあるものの珍しい趣である。

源氏は、山賤《やまがつ》のような恰好をしていた。聴色《ゆるしいろ》（禁色《きんじき》に対して誰でも自由に用いてよいとされた衣服の色。普通は紅や紫の薄い色）の黄色っぽいものに、青鈍《あおにび》（鈍色《にびいろ》［淡墨色］に藍《あい》を加えた色）の狩衣《かりぎぬ》、指貫《さしぬき》（袴《はかま》の一種）を着て、すっかり質素な身なりである。わざと田舎者のように装っているのも、却《かえ》って素晴らしく、宰相が、見るからに微笑《ほほえ》んでしまうほどの美しい姿であった。

日常の生活で手に取って使う調度品なども、仮初《かりそめ》（間に合わせ）のもので、源氏の御座所《おましどころ》（敷物や寝床）も外から丸見えであった。碁《ご》、双六《すごろく》の盤《ばん》、調度品、弾棊《たぎ》の具（詳細不明）なども田舎っぽい作りである。念誦《ねんじゅ》の道具もある。

宰相（中将）（内心）「仏道修行をされているのだろう」

と、思いながら見ていた。

食事が用意され、わざわざ土地の風情で盛り付けてあった。海人《あま》達が、漁《りょう》をして獲《と》った貝《かい》つ物《もの》（貝類）を持って参上して来た。呼び寄せて見ながら、海辺での年月を重ねる暮らしの様子などを尋ねている。海人達は、それぞれに、不安を抱える身の上の辛さを話している。よく分からぬ方言《ほうげん》で、早口に喋《しゃべ》る様子に、

源氏（内心）「心の行く方《ゆえ》（向かうところ）は、身分の上下《かみしも》に関係なく同じで、その心労に、どうして違いがあろう」

と、しみじみと思いながら聞いている。御衣《おんぞ》（貴人の衣服）などを褒美《ほうび》に与えて、左肩に掛けさせる。

海人達（内心）「生きている甲斐《かい》（貝）のあったことよ」

と、思っている。

宰相が乗ってやって来た何頭かの馬は、近くに立たせていた。供人が倉のような所から稲わらを取り出して与える様子などを、物珍《ものめずら》しい思いで見ている。源氏と宰相は、「飛鳥井《あすかい》」（催馬楽《さいばら》）を少し謡《うた》い、この何か月もの間の積もる話を、泣いたり笑ったりしながら語り合う。

宰相（中将）「若君（夕霧、源氏と故葵の上の息子）が、世の中のことを、何も分からずに過ごしておられることが悲しくて、大臣《おとど》（元左大臣、中将の父）は、明けても暮れても嘆いておられます」

などと、話すと、源氏は耐え難い思いになる。

〈源氏と中将の二人の話を書き尽くすことはできるはずもないので、なまじっか、その一端を語り伝えることは、やめておく〉

夜通し、寝ずに文《ふみ》（漢詩）を作って、朝を迎える。

宰相は、「罪に当たるとしても構《かま》わない」などと決心してはいたものの、やはり、噂になることを憚《はばか》り、急ぎ京の都へ帰ることにする。

〈却って、別れの辛さが身に染みて、中途半端なことではある〉

出立を前に、土器《かわらけ》（素焼《すや》きの杯《さかずき》）を手に取り、源氏と宰相「『酔いの悲しび涙そそぐ春の盃《さかずき》の裏《うち》』」（白楽天）と、声を合わせて、古典の詩句を朗詠する。供人達も涙を流している。それぞれ互いに、束《つか》の間《ま》の再会と別れを惜《お》しんでいるようである。

朝ぼらけ（夜明け）の空に、雁《かり》が連《つら》なって渡って行く。主《あるじ》の君《きみ》（源氏）は、

源氏　**ふる里をいづれの春か行《ゆ》きて見んうらやましきは帰るかりがね**

（故郷《ふるさと》の京の都を、いつの日か春の頃に、生きて、帰って行って、見たいものです。羨《うらや》ましいのは、雁の鳴き声とともに、帰って行く貴方です）

と、歌を詠む。

宰相は、ますます出立する気持ちになれなくなる。

宰相（中将）**あかなくに雁の常世《とこよ》を立ち別れ花のみやこに道やまどはむ**

（名残惜《なごりお》しい思いのまま、貴方の仮《かり》の住まいから立ち別れて行く私は、雁が常世《とこよ》［常世の国、永久不変で不老不死の理想郷］に別れを告げて飛び立つような気持ちです。花の都への道にも迷いそうです）

立派な都《みやこ》からの苞《つと》（土産《みやげ》）などが、風情のある趣で贈られた。主の君は、

源氏「このような有難い見舞いの礼として、宰相の見送りに」

と、黒駒《くろこま》（黒馬《くろうま》）を渡す。

源氏「罪人からの贈り物で、忌《い》まわしく思われるでしょうが、風に当たると嘶《いなな》くでしょう。その時は、私を思い出して下さい」

と、言う。この世に滅多にいないような立派な馬である。

宰相（中将）「これを、私の形見として忍んで下さい」

と、言って、世間でも素晴らしい音色と知られている、名器の笛などばかりを贈った。

人に咎《とが》められそうなことは、互いに控えていた。

日がだんだんと昇り始めた。宰相は、気忙《きぜわ》しい思いで、何度も振り返りながら、出立した。

〈源氏の見送る姿は、却って、会わない方が良かったのではないかと思うほど、悲しみに暮れている〉

宰相（中将）「いつの日か、また、お目にかかるでしょう。まさか、このままということはないと」

と、言うと、主の君は、

源氏「**雲ちかく飛びかふ鶴《たづ》もそらに見よわれは春日《はるひ》のくもりなき身ぞ**

（雲近くを飛《と》び交《か》う鶴を空に見るように、貴方も雲居［宮中］から見ていて下さい。私は、春の

日の曇りなき空のように潔白な身です）

しかし一方で、帰京を願いながらも、このような身の上となった者は、昔の賢人でさえも、表立って、再び世間に戻ることは難しかったようですから、どうして、私が赦《ゆる》されましょう。都の境《さかい》から、再び、京の都を見たいとは思っておりません」

などと、言う。

宰相（中将）「**たづがなき雲居《くもゐ》にひとりねをぞ泣くつばさ並べし友を恋ひつつ**

（鶴が鳴く宮中で、私は独り寝をしながら、声を立てて泣いています。翼を並べて過ごした友を恋い慕いながら）

これまで、有難くも馴れ馴れしく過ごしていました。『いとしも』と古歌にもあるように、貴方は格別な方です。悔しく思う折も多くありまして」

と、それだけを言うと、しみじみと話をする暇もなく、帰って行った。

その名残の中で、源氏は、ますます悲しい思いで、ぼんやりと過ごしている。

［一一］

弥生朔日《やよいついたち》（三月上旬）の初めての巳《み》の日、
物知りの供人「今日は、何か、これといった悩み事のある人は、禊《みそぎ》をされるのが宜《よろ》しいでしょう」と、利口《りこう》ぶって言うので、源氏は、海辺の景色も見たくて、出掛けることにした。たいそう簡素に、軟障《ぜじょう》（幔幕《まんまく》）くらいを張り巡らして、この国に通ってくる陰陽師《おんみょうじ》（占いや祓《はらえ》などを行う人）を呼び寄せて祓をさせる。舟に仰々《ぎょうぎょう》しいほどの人形《ひとがた》を乗せて流すのを見るにつけても、我が身になぞらえて、

源氏　**知らざりし大海《おほうみ》の原に流れきてひとかたにやはものは悲しき**

（見も知らぬ、大海原《おおうなばら》の流れに乗ってやって来て、まるで人形のように、一方《ひとかた》ならず、悲しいことばかりである）

と、歌を詠んで、座っている。その姿は、この晴れた空の下《もと》では、言い様《よう》がないほどに美しい。海の面《おもて》は、見渡す限りうららかに凪《な》いでいる。

人形を乗せた舟が、どこへ向かうかも分からぬ有様で流されて行く。源氏は、来《き》し方行《かたゆ》く先《さき》（過去や未来）のことを次々と思い続けて、

源氏　八百《やほ》よろづ神もあはれと思ふらむ犯せる罪のそれとなければ

（八百万《やおよろず》の神々も、私のことを哀《あわ》れに思われることだろう。犯した罪もはっきりとしないまま、都を退去して流浪しているのだから）

と、歌に詠んだ。すると、その途端《とたん》、急に風が吹き出して、空は真っ暗になった。陰陽師の祓も終わらぬうちに、人々は立ち上がって大騒ぎとなった。肘笠雨《ひじがさあめ》（急に降る雨、俄雨《にわか》）まで降り出して、たいそう慌《あわただ》しく、皆、帰ろうとするが、笠を取り出す暇もない。天気の急変する気配すらなかったのに、何もかも吹き飛ばされて、またとないほどの大風である。波もたいそう荒々しく打ち寄せて、人々は足が地につかぬ有様で、気も動転している。

（読者として……源氏が歌を詠んだ途端《とたん》、天気は一変《いっぺん》して嵐になりました。源氏が、自らの秘事の罪を隠し、嘘を吐いたことが、八百万の神々の怒りに触れたと思われる場面描写です）

海の面《おもて》は、絹の衾《ふすま》（掛布団）を張ったかのように一面光り輝き、雷は鳴り、稲妻《いなずま》もぴかっと光っている。今にも落ちてきそうな有様の中、やっとのことで、住まいにたどり着いた。

供人「こんな酷《ひど》い目《め》に会《あ》ったことはないな」

供人「大風などは、吹く前に気配《けはい》があるものだ。驚くほど珍しいことがあるものだ」

などと、言いながら、戸惑っている。雷は、ますます辺り一帯鳴り止まず、雨脚《あまあし》は強くなり、雨粒が、当たった所を貫《つらぬ》き通してしまいそうなほど、ぱらぱらと音を立てて降ってくる。
供人「このまま、この世は、終わってしまうのだろうか」
と、心細く思いながら、不安になっているが、源氏は、穏やかに振る舞って、経を読んでいる。
すっかり日も暮れた頃になって、雷は少し鳴り止んだが、風は、夜になっても吹いていた。
供人「多くの誓いを立てた願《がん》の力《ちから》（祈願）のお陰だろう」
供人「もう暫く、あのまま嵐が続いていたら、波にのまれてしまっただろう」
供人「高潮《たかしお》というのだな。『何も取る暇もなく、のまれてしまう』と聞いたことはあったが、まったく、これほど酷いとは知らなかったよ」
などと、言い合っている。暁方《あかつきがた》（夜明け前の暗い頃）には、皆、すっかり寝入ってしまった。

源氏も、少し寝入っていた。夢なのか、正体《しょうたい》の分からぬ者《もの》がやって来た。

人「なぜ、宮からお呼びがあるのに、参上しないのか」

と、言って、あちらこちら、探しながら歩き回っている。源氏は、はっと目が覚めた。

源氏（内心）「そう言えば、海の中の竜王は、かなりしつこく物愛《ものめ》でする（美しいものが好き）とのことだから、目を付けられたのだろうか」

と、思うと、ひどく気味が悪い。この須磨の海辺の暮らしに、耐えられぬ思いになっていた。

十三　明石《あかし》

［一］

依然として、雨風《あめかぜ》は止《や》まず、雷《かみなり》も鳴り続いて静まらぬまま、幾日《いくにち》も経った。ますます、侘《わび》しいことが数え切れぬほど起こるばかりで、来《き》し方行《かたゆ》く先《さき》（過去と未来）を思うと、悲しみばかりの身の上で、とても気丈《きじょう》に考えることもできない。

源氏（内心）「どうしたら良いものか。このような状況だからと言って、京の都へ帰ろうとするならば、まだ、世間に赦《ゆる》されぬ身の上であるのだから、人の笑《わら》い物《もの》になるばかりだろう。やはり、ここよりも山の奥深くへ入り、行方《ゆくえ》を暗《くら》ましてしまおうか」

と、思うのであるが、一方で、

源氏（内心）「『波風の騒ぎに怖くなって、逃げ出したのだろう』などと世間の噂になれば、後《のち》の世《よ》まで、たいそう軽々しい浮名《うきな》を流してしまうことにもなるだろう」

などと、あれこれ悩んでいる。夢の中にも、あの同じ姿で、正体《しょうたい》の分からぬ者ばかりが出て来て、纏《まと》わり付いて来る。

雲の切れ間もないように、明けては暮れる有様で、日は経って行く。京の都の様子もたいそう気掛かりである。

源氏（内心）「このまま、身を滅ぼしてしまうのだろうか」

と、心細く思うが、外に頭を出して様子を窺《うかが》うこともできないほどに、空は荒れ模様である。京の都から、わざわざ見舞いにやって来る者もいない。

ところが、そのような状況の中、二条院（紫の上）から、使いの者が、無理を通して、ずぶ濡《ぬ》れの酷《ひど》い姿でやって来た。道ですれ違っただけでは、人なのか何なのか、見分けも付きそうにない有様である。これまでならば、直《す》ぐ様《さま》、追い払ってしまったに違いないような下人《しもびと》であるが、親しみを感じて、しみじみと懐《なつ》かしく思う。

源氏（内心）「我ながら、みっともないほど気が滅入《めい》っているようだ」

と、身に染みている。

紫の上（手紙）「雨が恐ろしいほど小止《こや》みなく降り続く有様で、いよいよ空までも閉《と》じてしまうように思われて、物思いに耽《ふけ》り、どこを眺めればよいのか、分からずに過ごしております。

浦風《うらかぜ》やいかに吹くらむ思ひやる袖《そで》うちぬらし波間《なみま》なきころ

（そちらの須磨《すま》の浦風は、どんなに激しく吹いていることでしょう。遠く、貴方《あなた》に思いを馳《は》せて袖を濡らし、波のように、涙の途切れることなく過ごしております）」

しみじみと、悲しいことばかりを掻き集めるように書いている。源氏は、手紙を広げるなり、涙が汀《みぎわ》（水際《みずぎわ》）を越えるように溢《あふ》れ出《だ》す。目の前は、真っ暗になる思いであった。

使いの者「京の都でも、この雨風は、たいそう奇妙《きみょう》な何かの前触《まえぶ》れであるとのことで、仁王会《にんのうえ》（鎮護国家を祈願する宮中行事）などが行われるとのことです。上達部《かんだちめ》なども、道がすべて塞《ふさ》がって、宮中へ参内《さんだい》できず、政《まつりごと》も途絶《とだ》えているようです」

などと、はっきりしない、見苦しい有様で語っているが、京の都の話であると思うと、源氏は、もっと知りたくてたまらない。使いの者をすぐ傍まで呼び寄せて、尋ねている。

使いの者「ただもう、相変わらず、雨が小止《こや》みなく降り続いています。風も、時々、吹き出すような有様が何日も続いて、これまでに例のないことで、誰もが驚いております。それでも、まったく、こちらの須磨のように、地の底《そこ》まで貫《つらぬ》き通《とお》すほどの雹《ひょう》が降ったり、雷《かみなり》が静まらずに鳴り続けるようなことはございませんでした」

などと、須磨の酷《ひど》い天気に驚いて、怖がっている顔つきが、あまりにも辛そうなので、源氏の方も、心細さが募《つの》るのだった。

［二］

源氏（内心）「このまま、この天気がずっと続いたならば、この世は、滅《ほろ》びてしまうのではないだろうか」

と、思っていると、その翌日の暁《あかつき》（夜明け前）から、さらに風が激しく吹き出した。潮《しお》も高く満《み》ちて、浪《なみ》の音の荒々しい様子は、巌《いわお》も、山も、残らずに流されてしまいそうな勢いである。

雷が鳴り、稲妻《いなずま》の光る有様は、ますます、言いようのない恐ろしさである。雷が落ちて来るようにも思われて、供人は皆、誰一人として、落ち着いている者はいない。

供人「我《われ》は、一体、何の罪を犯して、このような悲しい目に会っているのだろうか。父母にも会えず、可愛らしい妻子の顔も見ずに、死ぬことになるのか」

と、嘆いている。源氏は、心を静めて、

源氏（内心）「どれほどの過ちを犯したからとて、この渚《なぎさ》（波打《なみう》ち際《ぎわ》）で、命の果てることがあろうか」

と、気強く思うようにはするものの、何とも心は騒がしくて落ち着かず、様々な色彩の幣帛《みてぐら》を供えさせて、源氏（内心）「住吉《すみよし》の神は、この辺り一帯を鎮《しず》め護《まも》っておられます。真《まこと》に迹垂《あとた》る神《かみ》（垂迹《すいじゃく》、仏が衆生《しゅじょう》の救済に仮の姿で現れること）ならば、どうかお助け下さい」

と、多くの大願《だいがん》を立てる。

供人「我々自らの命も然《さ》ることながら、このように、源氏の君が、これまでに経験されたことのない過酷《かこく》な状況に身を沈めておられることは、本当に悲しいことであります。気力を振《ふ》り絞《しぼ》り、少しでも正気《しょうき》の者は、我が身に代えてでも、源氏の君の御身一つをお救いしよう」

と、辺りに響き渡るほどの大声で言うと、皆、一斉《いっせい》に、声を合わせて念じている。

供人「源氏の君は、帝王《ていおう》の深き宮（内裏）で育てられ、様々な楽しみに、贅沢《ぜいたく》をされていましたが、深い慈《いつく》しみの心は、大八洲《おおやしま》（日本国の古称）の隅々《すみずみ》にまで広く知れ渡り、苦しい境遇《きょうぐう》の輩《ともがら》（人々）を、大勢《おおぜい》、助け出しました。今、何の報《むく》いによって、これほどまでに多くの尋常《じんじょう》ではない浪風《なみかぜ》に、溺《おぼ》れる思いをされるのでしょうか。

天地《あめつち》の神々（天の神と地の神）、物《もの》（物事）の是非《ぜひ》を判別して下さい。源氏の君は、罪を犯していないにも拘《かかわ》らず、罪を着せられ、官位を剥奪《はくだつ》され、家を離れ、京の都の境《さかい》から去り、明けても暮れても、やすき空《そら》（安らぐ心地《ここち》）にもなれずに嘆いておられます。このような悲しい目にまで会い、命の尽きる思いをされるとは、前世の報いなのでしょうか。それとも、この世で犯した罪によるものなのでしょうか。神仏にご照覧《しょうらん》いただき、この悲しみを和《やわ》らげて下さい」と、住吉の御社《みやしろ》の方角に向かって、様々な願《がん》を立てている。

さらに、海の中の竜王や、その他、数多くの神々に願を立てていた。しかし、それにも拘らず、雷は、ますます激しく鳴り響き、源氏の暮らす寝殿に続く廊《ろう》に、落ちた。炎が燃え上がり、廊は焼けてしまった。心魂《こころたましい》（生きた心地）もなく、その場にいた者達は、皆、狼狽《うろた》えている。寝殿の後方にある大炊殿《おおいどの》（調理する建物）と思われる屋《や》（建物）に、源氏の君を移すと、身分の上下《かみしも》に関係なく逃げ込んで、たいそう騒がしいほどに、激しく泣き叫ぶ大きな声は、雷にも劣らない。

空は、墨《すみ》を磨《す》ったように真《ま》っ暗《くら》なまま、日も暮れてしまった。

［二］

やっとのことで、風は静まり、雨脚《あまあし》も弱まってくると、星の光も見えてきた。源氏の御座所《おましどころ》が大炊殿《おおいどの》であるのは異例《いれい》なことで、供人達は、まったく畏《おそ》れ多《おお》い思いになる。寝殿にお戻しすることも考えるが、

供人「焼け残った所も気味が悪いです。踏《ふ》み轟《とどろ》かした（大勢で大きな音を立てながら逃げ回って踏みしめた）ので、御簾《みす》などもすべて吹き飛ばされて、ばらばらになって散らかっています」

供人「このまま、ここで夜を明かしてから、戻られる方が良いのではないか」

などと、皆で一緒に、思い悩んでいる。

一方で源氏は、念誦《ねんじゅ》（経文《きょうもん》を唱《とな》える）をしているが、あれこれと考えるほどに、心の中は、まったく落ち着かず、慌《あわただ》しい思いをしている。

月の光も射し出して、高潮が近くまで満ちていた跡も、はっきりと見える。嵐の余波で、依然として、寄せては返す波は荒い。源氏は、柴《しば》の戸を押し開けて眺めている。

近い世界《せかい》（身近な場所）に、ものの心（物事の道理）を弁《わきま》えて、来し方行く先（過去と未来）のことをよく考えて、てきぱきと判断を下《くだ》すことのできる悟《さと》った人はいない。

その土地の身分の低い海人《あま》などが、

海人達「ここは、貴《とうと》い方のおられる場所で、安心だ」

と、言いながら、源氏の住まいに集まって来た。聞いても分からぬ言葉で、ぺちゃくちゃと喋《しゃべ》っている様子は、まったく見たことのない光景であるが、追い払うこともできない。

海人「この風が、もうしばらく止《や》まずに続いていたならば、高潮が襲って来て、何もかものまれてしまっただろうよ。神の助け（加護）は、並々ならぬものであったことよ」

と、言っている。源氏は、それを聞くと、心細くてたまらない思いになる。

源氏　**海にます神のたすけにかからずは潮のやほあひにさすらへなまし**

（海にます神［住吉大明神と海竜王、その他の神々］のお助けに縋《すが》らなければ、潮の八百会《やおあ》い［潮流《ちょうりゅう》が八方《はっぽう》から集まり深くなった所］に流されて、漂《ただよ》っていたことだろう）

終日《ひねもす》（朝から晩まで）激しく吹き荒れていた風と雷の騒ぎの中で、源氏は気強く振る舞っていたものの、ひどく疲れ果てていた。いつの間にか、うとうとと居眠りをしてしまった。乱雑な大炊殿《おおいどの》の御座所なので、ただ、物にもたれ掛かり、座ったままの姿勢だった。

その時、故父院が、ご生前《せいぜん》そのままの姿で、目の前に立たれたのだった。

故父院「どうして、このような見苦しい所にいるのだ」

と、仰《おお》せになると、源氏の手を取って、引っ張り上げる。

故父院「住吉の神の導きに従って、早く、舟を出して、この浦（須磨）を去りなさい」

と、仰せになる。源氏は、たいそう嬉しくて、

源氏「かしこき御影《みかげ》（畏れ多い父院のお姿）にお別れして以来、様々、悲しいことばかり多くございまして、今となっては、この渚《なぎさ》に、我が身を捨ててしまいたい思いでおりました」

と、申し上げると、

故父院「とんでもないことだ。これは、ほんの些細《ささい》な物事の報いなのだ。我は、帝の在位中、過ちを犯すことはなかったが、しぜんの流れで犯した罪があり、その償《つぐな》いを終える暇もなく、この世を顧《かえり》みることもなかった。其方《そなた》が、ひどく悲しみ、零落《おちぶ》れているのを見るに忍びなく、海に入り、渚《なぎさ》を上《のぼ》り、ここまでやって来たのだ。たいそう疲れたが、この序《つい》でに、京の都の内裏《うち》（兄帝）にも、お伝えすべきことがあるので、急ぎ京の都へ上るところなのだ」

と、仰せになり、立ち去って行かれた。
　源氏は、名残惜《なごりお》しく、悲しくて、
源氏（内心）「私も、供《とも》として参上したい」
と、泣きに泣いてしまう。見上げてみると、人は誰もおらず、月の顔だけが、きらきらと輝いていた。夢を見ていたとは思えず、故父院の気配が留《とど》まっているような心地である。空の雲は、しみじみとした風情で棚引《たなび》いていた。
　父院が崩御《ほうぎょ》されてから、この何年もの間、夢の中でお会いすることもなく、恋しく、心細く思っていたのである。そのお姿を、ほんの一時《いっとき》ではあったものの、はっきりと目にしたのだから、面影《おもかげ》が心に残り、
源氏（内心）「我《われ》が、このように悲嘆《ひたん》に暮《く》れて、命の尽き果てる思いをしているので、助けるために天《あま》（空、天上）を翔《か》けて来て下さったのだ」
と、思うと、しみじみと有難く、
源氏（内心）「よくぞ、このような嵐の騒ぎもあったものだ」
と、夢の名残も心強く思われて、嬉しさは果てしない。悲しみや喜びで、胸は塞《ふさ》がる思いである。故父院にお会いしたばかりに、却《かえ》って心は乱れ、現《うつつ》（現実）の悲しみも、つい忘れて、

源氏（内心）「夢の中であっても、お返事を、もう少しできなかったものか」

と、思うと、心は晴れず、もう一度、夢の中で故父院にお会いしたい思いで、わざわざ寝ようとするが、ますます目は冴《さ》えるばかりで、眠れぬまま、暁方《あかつきがた》（夜明け前の暗い頃）になってしまった。

［四］

渚《なぎさ》（波打《なみう》ち際《ぎわ》）に、小さな舟を漕《こ》ぎ寄《よ》せて、人が二、三人ほど降りて来た。源氏の旅の宿《やどり》（仮の住まい）を目指してやって来る。

源氏の供人「どこの何者か」

と、尋ねると、

舟人「明石《あかし》の浦から、前《さき》の守《かみ》（播磨国《はりまのくに》の元国司）の新発意《しぼち》（発心《ほっしん》して仏道に入った者、明石入道《あかしのにゅうどう》）が、舟を用意して参上いたしました。源少納言《げんのしょうなごん》（良清、源氏の供人）が、こちらに仕えておられるならば、対面して、事《こと》の心《こころ》（事情）を申し上げたいとのことです」

と、言う。良清は、驚いて、

良清「明石入道は、長年、あの国の親しい友で、互いに語り合う仲でしたが、私事《わたくしごと》で、少々、互いに恨みを持つことがございまして、特別な手紙さえも、やりとりすることなく、久しくなっております。この荒波の騒ぎの中でやって来るとは、どのような用件でしょう」

と、とぼけている。

（読者として……良清は、源氏の供人として須磨に来てから、密《ひそ》かに、明石入道の娘に手紙を届けていました。しかし、娘からの返事はなく、代わりに、父明石入道から面会の申し入れを受けたのですが、娘との結婚を断られるに違いないと思って赴《おもむ》きませんでした「須磨」［一九］。この度、先方からやって来たので驚いています）

一方の源氏も、夢の中での故父院の話から、思い当たる節《ふし》もあるので、

源氏「早く、会ってみよ」

と、命じる。良清は舟まで行って、明石入道に面会した。

良清（内心）「あれほど激しい嵐の波風の中、いつの間に、どのようにして、舟を漕ぎ出したのだろうか」

と、不思議でならなかった。

明石入道「先日、朔日《ついたち》（三月上旬）の夢に、正体《しょうたい》の分からぬ者が現れて、告げて知らせることがございました。信じ難い思いではありましたが、『十三日に、新しい験《しるし》（神仏の霊験《れいげん》）を見せよう。舟を用意して支度《したく》して置きなさい。雨風《あめかぜ》が止《や》んだならば、必ず、須磨の浦に漕ぎ寄せよ』と予《あらかじ》め告《つ》げるのでございます。念のために舟を用意して、支度を調《ととの》えて待っておりました。激しい雨風と雷の音に驚かされましたが、異国の朝廷《みかど》でも、夢を信じて国を救う類《たぐい》の話は多く

ありましたから、無用《むよう》であるかもしれないとは思いながらも、お告げのあった日を逃《のが》すことなく、この旨《むね》をお伝えしたいと思い、舟を出してやって参ったのでございます。不思議な風が細《ほそ》く吹いて、こちらの須磨の浦に着きましたことは、真《まこと》に、神のお導きによるものに違いありません。こちらでも、もしや、心当たりがおありではないかと思いまして。まったく畏れ多いことではございますが、この旨を、源氏の君にお伝え下さい」

と、言う。

（読者として……朔日［三月上旬］は、「須磨」［一二］の場面と同じ日時で、今日は、三月十三日ということになります）

良清は、源氏に密《ひそ》やかに伝える。源氏は、あれこれ考えを巡らしてみると、夢や現《うつつ》の様々なことが思い出されて、穏やかな気持ちではいられなくなる。神のお告《つ》げのようなこともあった。来《き》し方行《かたゆ》く末《すえ》（過去と未来）を思い合わせながら、

源氏（内心）「これまでは、『世の人々が耳にして噂になったならば、後《のち》の世《よ》までも非難されるだろう』などと思うと心穏やかではいられず、気兼《きが》ねしていたが、これは、真《まこと》の神の御加護《ごかご》かもしれないのだ。もし背《そむ》いたならば、これまでよりも一層、世間の物笑いになる目（境遇）を見るかもしれない。現世であっても、人の心に従わないことは心苦しいものである。神の御心

ならば、なおさらのこと。やはり些細《ささい》なことでも控え目に恐れ慎み、我が身よりも年長であったり、あるいは、位の高い、時世《じせい》において人望のある際立《きわだ》って優《すぐ》れた人の言葉には従い、その心向《こころむ》け（意向）には、考えながらも受け入れるべきなのだろう。『退《しりぞ》きて咎《とが》なし（控え目に振る舞って非難無し）』と、昔の賢人も言葉を残しているではないか。今日、このように命の危険にさらされて（高潮と落雷）、この世にまたとないほどの恐ろしい目を見尽くしたのだ。この上は、後の世の悪い評判を避けようとしたところで、できるものでもない。夢の中で、故父院の諭《さと》しもあったのだから、この際、何を疑うことがあろうか」

と、心を決めて、明石入道に返事をする。

源氏「見知らぬ世界（須磨の地）では、世にも珍しい愁《うれ》い（心配）の限りを経験しました。それであるのに、京の都から、便りを送って来る者もいません。これから先のことも分からず、空の月や日の光だけを古里《ふるさと》の友として眺めておりました。そこへ、嬉しいことに、釣り船を漕ぎ寄せて下さいまして。そちらの明石の浦には、心静かに、隠れて過ごせる場所はありますでしょうか」

と、言う。明石入道は、この上なく喜んで、お礼の気持ちを述べている。

明石入道の供人「とにかく、夜《よ》の明《あ》けきらぬうちに舟にお乗り下さい」と、人目を気にして言うので、源氏は、いつも親しく仕えている供人を四、五人ばかり連れて、舟に乗った。

すると、あの例の不思議な風が再び吹き始めて、舟は飛ぶように進んで、明石の浦に着いた。須磨の浦からは、ほんの這《は》って渡《わた》るほどの距離であったが、片時《かたとき》の間《ま》（わずかな時間）とはいえ、やはり、奇妙なまでに思われる風の心であった。

［五］

明石の浦の浜は、なるほど、話に聞いていた通りの格別な光景である。人の往来《おうらい》が多く見えるのだけは、源氏の望みとは違った。明石入道の領有している土地は、海の近くや山の陰《かげ》など、あちらこちらにあった。

・季節の時々に興《きょう》を盛んに催《もよお》すように作られた渚《なぎさ》の苫屋《とまや》（波打ち際の小屋）。

・後《のち》の世《よ》（死後の世界、来世）を念じて勤行《ごんぎょう》するための立派な御堂《みどう》。山水《さんすい》の流れの傍《そば》に建てられていて、念仏三昧《ざんまい》を行う。

・この世を生き抜くために建てられた、秋の田の実《み》りの稲を刈って収める倉町。残りの人生を積み重ねることができるほどに、いくつもの米倉《よねくら》が建っている。

折節《おりふし》につけ、それぞれの場所に相応《ふさわ》しい見どころがあるようにと、万事、調《ととの》えられている。

明石入道は、高潮に恐れをなして、近頃、娘（後の明石《あかし》の君《きみ》）などは岡辺《おかべ》の宿《やど》（岡の麓《ふもと》の家）に移して住まわせていた。源氏は、この浜《はま》の館《たち》（入道の本邸）の方で、落ち着いた気持ちで暮らすことになる。

源氏が、舟から降りて車に乗り移る頃には、日がだんだんと昇り始め、光も射していた。明石入道は、源氏を一目見る《ひとめみ》なり、老いを忘れて、寿命の延びる心地であった。満面の笑みで、まずは、住吉の神に、何はともあれ、拝んでいる。

明石入道は、月と日の光を、両方手に入れたような心地になって、あれこれと源氏のお世話をしている。

〈もっともな成《な》り行《ゆ》きである〉

明石入道の本邸の様子は、改めて言うまでもないほどに立派で、趣向《しゅこう》を凝《こ》らして作られている。木立《こだち》や立石《たていし》、前栽《せんざい》（植込み）などの風情や、何とも言いようのないほどに素晴らしい入江《いりえ》の水など、

源氏（内心）「もし絵に描くとしても、思慮《しりょ》の浅い絵師では、描き切れないだろう」

と、思いながら見ている。

この何か月もの間に暮らしていた須磨の住まいよりも、格段に、晴れ晴れとした親しみを感じる。部屋の設《しつら》いなども、何とも言い様《よう》がないほど素晴らしく、明石入道の暮らしぶりは、良清から聞いていた通り、京の都の高貴な方々と変わることなく優美で、眩《まぶ》しいほどの華《はな》やかさは、こちらの方が勝《まさ》っているようにさえ思われる。

［六］

源氏は、少し気持ちが落ち着いて、京の都に、いくつもの手紙を送る。嵐の中、紫の上からの便りを届けに来ていた使いの者は、

使いの者（内心）「ひどい道中をやって来て、辛《つら》い思いをしたことよ」

と、泣き沈んで、須磨に留《とど》まっていた。源氏は、その者を明石に呼び寄せて、身に余《あま》るほどの品々をたくさん与え、京に帰る際には、手紙を遣わした。

〈親しくしていた祈禱師《きとうし》達や、然かるべき身近な方々に、この度の嵐の様子を詳しく知らせるために、遣わしたのだろう〉

入道の宮（藤壺）だけには、不思議な出来事（故父院が夢に現れたこと）により、命拾《いのちびろ》いした経緯《いきさつ》などを伝えている。

二条院（紫の上）から届いた、しみじみと心の籠《こも》った手紙への返事は、すらすらと書くことができない。度々、筆をちょっと置いては涙を拭《ぬぐ》いながら書いている。その姿は、周りの目に

は格別に見える。

源氏（手紙）「まったく、ひどく辛い目を見尽《みつ》くした有様ですので、今となっては、俗世《ぞくせ》を離れて、出家をしたいと思うばかりでございますが、貴女の『鏡を見ても』と歌を詠んでいた面影を忘れる時もなく「須磨」［三］、このような気掛かりを抱えたまま、今生《こんじょう》の別れになるのかと思うと、こちらでの悲しい様々な出来事の心配については、どうでもよい思いになりまして、
はるかにも思ひやるかな知らざりし浦よりをちに浦づたひして
（遠く遥《はる》かなこの地から、貴女に思いを馳せています。見ず知らずの須磨の浦から、更に遠くの明石の浦へ、浦伝《うらづた》いをしてやって来まして）

悪い夢を見ているような気持ちになるばかりで、いつまでも覚めずにいる思いですから、どんなに酷《ひど》い事ばかりを書いていることでしょう」

と、まったく、取り留めのない話を乱雑に書いているが、手紙を書いている源氏の姿だけは、傍《はた》目《め》には、いつまでも見ていたくなるような、美しい横顔である。

供人達「源氏の君から、紫の上への深い愛情の表れですね」

などと、思いながら見ている。

　供人達もそれぞれ、古里《ふるさと》（故郷）に心細い思いを言伝《ことづて》（伝言《でんごん》）しているようである。

小止《こや》みなく降り続いていた空模様も、今ではすっかり澄み渡り、漁に出る海人《あま》たちは、得意気《とくいげ》な様子である。

須磨の浦は、たいそう心細い場所で、海人の岩屋もほとんどなかった。この明石の浦は、人の多いことが不満ではあるものの、風変わりな土地で、しみじみとした風情を感じることも多い。源氏は、万事につけて、心が慰められていた。


（読者として……源氏が藤壺と紫の上に送った手紙の内容について、その書き方の違いは印象的でした。藤壺には、状況を伝える内容であった一方、紫の上には、安心させる言葉は何一つ書かず、心配させることばかりを書いています。嵐を無事に乗り越えたことや、明石の浦に移ったことで気持ちが落ち着き、心の慰められている様子なども伝えていません。紫の上が誠実な思いで源氏の身を心配し、手紙や物資を送り届けている心情に対して、感謝する言葉もありませんでした。

源氏と紫の上は、正直に語り合う夫婦の仲ではありません。紫の上は、人生を通して源氏への不信感を募《つの》らせて行きます。「自分は、一体、誰の『草のゆかり』であるのか」「若紫」［二四］。幼い頃に抱いた疑問を忘れることなく、自《みずか》らの力で源氏の人間性を解き明かして行くのですが、今後の物語展開を見る上でも、重要な場面です）

［七］

明石入道の勤行《ごんぎょう》している姿は、傍目《はため》には、仏道修行に専念しているかのように見える。しかし、その心の内は、ただ、

明石入道（内心）「この愛娘《まなむすめ》一人（後の源氏の妻、明石の君）を、どうにかして、源氏の君に差し上げたい」

と、念じているのである。時には、みっともないほどの有様で、直《じか》に懇願《こんがん》している。

源氏にとっても、かつて、話に聞いて興味を抱いていた娘なので「若紫」［三］、

源氏（内心）「このように、思い掛けず巡り合うことになったのも、そうなる宿縁であったのだろうか」

と、思いながらも、

源氏（内心）「そうは言っても、やはり、このような謹慎《きんしん》の身の上であるうちは、勤行より他のことは考えまい。普通に暮らしている時ではないのだから、都の人（紫の上）に、『言ひしに違《たが》ふ（話と違う）』と思われるのも恥ずかしいことだ」

と、思うので、源氏の方から、明石入道の娘に興味を抱く様子を見せることはしない。しかし、

何かにつけて、
源氏（内心）「明石入道の娘の性格や容姿は、格別なのだろうか」

などと、見たくて知りたくてたまらない思いに、ならないということは、決してないのだった。

（読者として……源氏は、京の都で、紫の上が源氏の身を心配しながら待っていることは、認識しているようです。それでもやはり、明石入道の娘への執着心が、消えることはありません）

源氏の御座所《おましどころ》には、明石入道も遠慮して、自らやって来ることは滅多にない。離れた場所の下屋《しものや》（召使のいる建物）で控えている。そうではあるものの、本心は、明けても暮れても、源氏の君のお世話をしたくてたまらない。

明石入道（内心）「どうにかして、我が宿願を叶《かな》えたいものだ」

と、仏や神に、ますます念じている。

明石入道の年齢は、六十歳ほどであるが、たいそうさっぱりとした、見栄《みば》えの良い人物である。勤行により痩《や》せてはいるが、元々《もともと》は高貴な家柄の人であるから、そのように見えるのだろうか。少しひねくれて、惚《ほう》けているところはあるものの、ずっと昔のことを、よく知っていて、少しも見苦しいところはなく、奥ゆかしい風情もあるので、源氏は、昔の思い出話などをさせて聞いている。少しは寂しさも紛《まぎ》れるようである。

（読者として……明石入道は大臣の子で、源氏の母桐壺更衣の父按察大納言は、叔父にあたります「須磨」［一九］）

この何年もの間、源氏は、公私ともに暇のない忙しさであった。あまり聞いたことのない昔の話を、明石入道が少しずつ話し出すので、

源氏（内心）「この地（明石）にやって来ることもなく、このような人（明石入道）に出会うこともなければ、物足りない思いをしていただろう」

と、そのように思うほどに、興味深く感じる話も中にはあったのである。

このように、明石入道は、源氏に馴《な》れ親しんではいるものの、気高《けだか》くて、こちらが気恥ずかしくなるような素晴らしい有様を前にすると、あれほど頑固に宿願《しゅくがん》を口にしていたにも拘《かかわ》らず、気後《きおく》れしてしまい、自分の願いを心のままに打ち明けることもできない。

明石入道「焦《じ》れったくて、悔しい」

と、母君（妻、娘の母明石尼君《あかしのあまぎみ》）に相談しながら、溜息《ためいき》を吐《つ》いている。

正身《しょうじみ》（娘本人、後の明石の君）は、明石入道の娘（内心）「ここは、それなりの身分でさえも、感じの良い男の人はいない世界《せかい》（田舎《いなか》）であるけれども、この世には、これほど素晴らしい人がおられたのか」と、物陰から源氏を見るにつけても、我が身の程《ほど》を思い知らされる。遥《はる》かに手の届かぬ方《かた》と思っているようであった。

親達（父明石入道と母尼君）が、このように自分の縁談について、あれこれ悩んでいるのを聞くにつけても、

明石入道の娘（内心）「釣《つ》り合《あ》わぬ身分であるのに」

と、思っている。源氏の姿を見たことで、以前にも増して、却《かえ》って、しみじみと悲しい気持ちになっているようである。

［八］

四月《うづき》になった。明石入道は、衣替《ころもが》えの装束や御帳《みちょう》（御帳台）の帷子《かたびら》（垂絹《たれきぬ》）などを、風情のあるものに調《ととの》えている。万事につけて、源氏の世話に精を出している様子に、源氏（内心）「気の毒なほど、やり過ぎてくれることよ」と、思っている。明石入道は、どこまでも気位を高く持っているからこそ、優雅な人柄にも見えるのであって、それに免《めん》じて見過ごしている。

京の都の紫の上からは、頻《しき》りに数多くの見舞いの品々が、絶えることなく届けられている。（読者として……紫の上は、源氏の身を心配し、生活の品々を用意して送っています。しかし、一方の源氏には、感謝を伝える手紙を送る様子は、まったく見られません）

穏《おだ》やかな夕月夜《ゆうづくよ》（月の出ている夕方）、海の上は曇《くも》りなく、どこまでも一面見渡せる景色である。源氏は、住み慣れた古里《ふるさと》（京の邸《やしき》）の池の景色に見紛《みまが》う思いになり、言い様のない懐かしさを感じる。これから先のことも分からず、途方に暮れる思いである。ただ目の前を、遠くまで眺《なが》めてみると、そこに見えるのは淡路島《あわじしま》であった。
源氏「『あはとはるかに（あれは遥《はる》かに阿波《あわ》か）』」
と、古歌を口ずさみ、
源氏　**あはと見る淡路の島のあはれさへ残るくまなく澄める夜《よ》の月**
（昔の人が、「あれは阿波か」と眺めた、淡路島のあわれ［風情］までも、余すところなく隅々《すみずみ》までくっきりと見える、澄み渡った今夜の月であることよ）

源氏は、久しく手に触れていなかった琴《きん》（七絃琴《しちげんきん》）を袋から取り出すと、ほんの少し掻《か》き鳴《な》らした。その姿を見た人々もまた、心穏やかではいられなくなる。しみじみと心を動かされ、互いに悲しみに浸っていた。

源氏は、広陵《こうりょう》という手《て》（曲）を、すべての技を尽くして見事に弾く。あの明石入道の娘が住む岡辺の家にも、松風の響きや波の音と一緒になって聞こえてくる。風情の心得《こころえ》のある若い女房達は、身に染みて感じ入っているようである。
音色を聞き分けることのできない年老いた人々までもが、あちらこちらで咳《せ》き込《こ》みながら、浮足立《うきあしだ》って聞いているが、浜風に当たりながら歩いているうちに、風邪をひいてしまっている。

明石入道も、じっとしていられず、供養法《くようほう》（供養のための行法《ぎょうほう》）を途中で止めて、急いでやって来た。

明石入道「ますます、出家して背《そむ》いた俗世《ぞくせ》を、改めて思い出さずにはいられぬ心地でございます。後の世《のちのよ》（来世、死後の世界）に生まれ変わりたいと願う極楽浄土の有様も、想像してしまうような、今宵《こよい》の風情でございます」

と、泣きながら、源氏を誉《ほ》め称《たた》えている。

源氏自身も、心の中で、様々なことを思い出す。宮中での四季折々の管弦の遊び。あの人この人の琴や笛の音色、あるいは謡《うた》う声。時節《じせつ》の時々に世の人々から賞賛《しょうさん》されていた自分の姿。帝をはじめとして、多くの人々から大切に可愛がられていたことなど、人々のことも、自分のことも、思い出すと夢のような気持ちになる。琴を掻き鳴らす音色は、物寂しく聞こえる。

（読者として……源氏は、昔の華やかな生活を思い出し、今の境遇を、夢《ゆめ》か現《うつつ》か分からぬ心地で、琴を弾いていています）

古人《ふるびと》（年老いた人、明石入道）は、涙を抑《おさ》えることができない。岡辺《おかべ》の家に、琵琶《びわ》、箏《そう》の琴《こと》

（十三絃琴）を取りに行かせて、入道自身が琵琶法師《びわのほうし》となって、たいそう趣《おもむき》深《ぶか》く、素晴らしい手《て》（曲）を、一つ、二つ弾き始めた。源氏に箏の琴を差し上げた。少し奏《かな》でるだけで、明石入道（内心）「何をやっても優《すぐ》れている方だ」と、思うばかりであった。

〈実際には、それほど良いとは思えぬ物《もの》の音《ね》（楽器《がっき》の音）であっても、季節の風情によっては、美しく聞こえるものである。遥《はる》か遠くまで、遮《さえぎ》るもののない海辺であるから、却《かえ》って、春の花や秋の紅葉《もみじ》の盛りの頃よりも、ただ、どこということもない茂みの陰などでも瑞々《みずみず》しく感じ、水鶏《くいな》のたたくように鳴く声は、「誰《た》が門《かど》さして（誰が門に鍵を掛けたのか）」と言っているかのように、しみじみと聞こえるものである〉

音色のまたとなく素晴らしい琴《こと》ども（琴《きん》、和琴《わごん》、箏《そう》、琵琶などの総称）を、明石入道は、たいそう素晴らしい風情で弾《ひ》き鳴《な》らしている。源氏は、心を惹きつけられて、源氏「これは、女が、魅力のある様《さま》でゆったりと弾いてこそ、風情もあるというものだな」と、何気ない様子で言うと、明石入道は、ただもう嬉しくてたまらず、笑みを浮かべて、明石入道「源氏の君がお弾きになるよりも、魅力のある様で弾ける者は、どこにいるでしょう。

某《なにがし》（私）は、延喜《えんぎ》の帝の御手（奏法）から弾き伝える者として三代目になりますが、このように、不運な身の上の愚か者でございまして、この世のことは、すべて忘れ去ってしまいました。ただ、季節の変わり目の節会《せちえ》に、気の晴れぬ折々には、掻《か》き鳴らしておりましたところ、それを、どうした訳《わけ》か、真似《まね》る者がおりまして、しぜんと前大王《ぜんだいおう》（前帝）の御手に、似通《にかよ》っているのです。山伏《やまぶし》のような私の僻耳《ひがみみ》（聞き違い）から、松風の音を、そのように思い込んで聞き続けているのかもしれませんが、何としてでも、この者の音色を、こっそりとお聞かせしたい思いなのでございます」

と、話をしているうちに、突然ぶるぶる震え出し、涙までも落としている様子である。

（読者として……「真似る者」「この者」とは、明石入道の娘のことで、後に、源氏の妻となって明石《あかし》の君《きみ》と呼ばれます。源氏と明石入道が、暗に意気投合している場面です。源氏から、女［明石入道の娘］の弾く琴の音を何気ない様子で催促《さいそく》し、一方の明石入道は、娘を引き合わせる機会の到来を喜び、興奮のあまり涙まで流しています）

源氏「私の琴など、琴の音《ね》とも思われるはずのない名手揃《めいしゅぞろ》いとも知らずに、弾いてしまいまして。恥をかきました」

と、謙遜《けんそん》して言いながら、琴を押しやって話を続ける。

源氏「不思議なことですが、昔から、箏《そう》の琴《こと》は、特に女の弾き覚える楽器でした。嵯峨《さが》の御伝《おんつた》え（嵯峨天皇の御伝授）により、女五の宮（嵯峨天皇第五皇女）が、その当時の名手でおられましたが、その血筋には、特に伝授すべき人がおられませんでした。大方《おおかた》、ただ今の世の中で名を立てている人々は、通《とお》り一遍《いっぺん》に、ものの表を撫《な》でる程度で得意になっているだけです。こちら（明石入道の家）で、そのように箏の琴の奏法《そうほう》を守り抜いておられたとは、たいそう興味深いことです。どのようにすれば、お聞かせ頂けるでしょうか」

と、言う。

明石入道「お聞きになるのに、何のご遠慮がいるものですか。御前に呼び寄せて頂ければ。商人《あきびと》の中にも名手はいるもので、その者の弾く古琴《ふるごと》を聞いて、褒《ほ》めそやす人の古事《ふるごと》（故事）がございます（『白氏文集《はくしもんじゅう》』）。

琵琶についても、真《まこと》の音色《ねいろ》に弾きこなす人は、古《いにしえ》（ずっと昔）にも滅多にいなかったようです。ところが、この者（明石入道の娘）は、ほとんど途中でつかえることなく弾いて、心惹かれる手（弾き方）などは、筋《すじ》（手法）が格別でございます。どのようにして覚えたのか。琵琶の音が、荒々しい波の声（音）と交《ま》じり合う時には、悲しい思いにもなりますが、私には、あれこれと積もる嘆かわしさから、気の紛《まぎ》れる折々もあるのでございます」

などと、風流めいて言う。

源氏（内心）「面白い」

と、思いながら、箏の琴を琵琶と取り換えて渡した。いかにも明石入道は、たいそうな腕前で掻き鳴らしている。

今の世では聞くことのない筋《すじ》（手法）を身に付けていて、手さばきも、たいそう洒落《しゃれ》た唐の風情である。揺《ゆ》の音《ね》（絃《げん》を押《おさ》えて揺すって出す音）は、深く澄んだ音色である。ここは、伊勢の海ではないが、「清《きよ》き渚《なぎさ》に貝や拾はむ」などと、催馬楽《さいばら》（古代歌謡の一つ）を、声の美しい者に歌わせて、源氏も自ら、時々、拍子《ひょうし》をとって声を合わせる。明石入道は、琴を弾く手を休めながら、誉《ほ》め称《たた》えている。

明石入道は、果物《くだもの》（果実、菓子、酒のさかな）などを、趣向《しゅこう》を凝《こ》らして、源氏の君に差し上げて、供の人々にも酒を強《し》いて勧《すす》めるなど、いつの間にか、この世の憂《うれ》いも忘れてしまいそうな夜の光景である。

［九］

夜がたいそう更《ふ》けるにつれて、浜風は涼しくなってきた。月も入り方《いりがた》（沈もうとする頃）となり、空は澄み渡って、静かな時分である。

明石入道は、余《あま》すところなく物語（世間話）をする。この浦に住み始めた頃の心持ちや、後《のち》の世《よ》（来世）のために仏道に励んでいることなど、ぽつりぽつりと話し出す。そして、自分の娘の境遇について、問《と》わず語《がた》り（尋《たず》ねられもしていないのに語り出すこと）を始めた。源氏には、可笑《おか》しく思えるものの、それでもやはり、聞いていると、しみじみと心を動かされる節《ふし》（話の内容）もあるのだった。

明石入道「たいそう申し上げにくいことではございますが、わが君（我が源氏の君）が、このように、見知らぬ世界（土地）の明石の浦に、一時《いっとき》ではあっても、お越《こ》しになったことは、もしや、長年、老法師である私の祈り続けておりましたことを、神仏が憐《あわ》れに思われて、暫《しばら》くの間、源氏の君の御心を、悩ませることにされたからではないかと思うのでございます。

その訳は、住吉の神を頼りにして、祈り始めて十八年になります。女童《めのわらわ》（娘）のまだ幼い頃より、私には願い事がございまして、毎年、春と秋には、必ず参詣《さんけい》しておりました。昼夜六時《ひるよるろくじ》の勤《つと》め（一日六回の昼夜定時の勤行）の際にも、己《おのれ》の蓮《はちす》の上の願い（極楽往生《ごくらくおうじょう》）はもちろんのこと、ただ、『この人（娘）に掛ける高い宿願を叶《かな》えたまえ』とそればかりを念じておりました。前《さき》の世《よ》の契《ちぎ》り（前世からの因縁）の不運から、私は、このような、つまらぬ山賤《やまがつ》になったのでございましょうが、親は、大臣の位に就《つ》いておりました。私の代《だい》から、このような田舎《いなか》の民《たみ》になったのでございます。子々孫々、このまま零落《おちぶ》れて行けば、この先、どのような身の上になってしまうのかと、悲しく思っておりました。

この娘には、生まれた時から、期待している宿願がございました。『どうにかして、都の貴い身分の方に差し上げたい』と強く願うばかりに、身の程により、多くの人々から妬《ねた》まれ、我が身のことでも、辛い目に会う折も多くございました。しかし、まったく苦しいとは思いませんでした。命ある限りは、頼りない父親であっても、守り育てようと思っていたのでございます。もしこのまま、私が先立つことになったならば、『浪《なみ》の中にもまじり失《う》せね（海に身を投げよ）』と命じております」

などと、声を上げて泣きながら訴えている「若紫」[三]。

〈まったく、異様な話ばかりで、そのまま真似をして語ることはできない〉

源氏も、あれこれと物思いに耽《ふけ》ることの多い折で、つい、涙ぐみながら、明石入道の話を聞いている。

源氏「横様《よこさま》（道理に合わない）の罪《つみ》に処せられて、思い掛けず、見知らぬ土地（須磨と明石）を漂《ただよ》う（さ迷う）ことになったのも、何の罪によるものかと、もどかしく思っていましたが、今夜、このように物語（話）をお聞きして、考え合わせてみれば、なるほど、前の世の深い契りによるものであったのかと、しみじみとした気持ちになりました。どうして、これほど、はっきりとお分かりであったのに、今まで、知らせて下さらなかったのでしょう。京の都を離れた時から、この世の無常が虚《むな》しくて、仏道修行より他にすることもなく、月日を過ごしているうちに、心は、すっかり気力を失っていました。そのような娘がおられることは、薄々《うすうす》耳にしていましたが、私のように役立たず者では不吉に思われて、見限られるだろうと思い込み、気は塞《ふさ》いでおりました。貴方の娘のところへ、私を案内して下さるということですね。心細い独《ひと》り寝《ね》の慰《なぐさ》めに」

などと、言う。

明石入道（内心）「この上なく喜ばしいことだ」

と、思っていた。

明石入道「**ひとり寝は君も知りぬやつれづれと思ひあかしのうらさびしさを**

（独り寝の寂しさについて、君［源氏の君］もお分かりになったでしょうか。所在ない思いで夜を明かしている、明石の浦の娘のうら寂しさをお察し下さい）

それにもまして、長い年月、気掛かりに思い続けていました親の心中も、推《お》し量《はか》り頂きたく」

と、話す姿は、興奮して身を震わしているが、それでもやはり気品があって、由緒《ゆいしょ》ある人に見える。

源氏（内心）「そうは言っても、この明石の浦での暮らしに慣れている人（娘）は、本当に、私ほど寂しい思いをしているのだろうか」

と、思うので、

源氏　**旅衣《たびごろも》うらがなしさにあかしかね草の枕《まくら》は夢もむすばず**

（旅衣を着る私は、明石の浦の暮らしが、うら悲しくて、夜を明かしかね、草枕《くさまくら》［旅寝］で夢を見ることもできません）

と、歌を詠む。その寛《くつろ》ぐ姿は、だらしなくも、たいそう魅力的で、言いようのない美しさである。

〈源氏について、数えきれないほど多くのことを耳にして、語り伝えてきましたが、嫌になることばかりでした。これまでは、道理に外《はず》れていると思う行為を意識して書いたのですが、これからは、ますます馬鹿げた見苦しい有様を、明石入道の性格も合わせて、露《あらわ》になって行くことでしょう〉

［一〇］

源氏は、どうにかこうにか願いの叶《かな》った心地で、爽《さわ》やかな気持ちになっている。翌日の昼頃、岡辺《おかべ》の家（明石入道の娘の家）に手紙を遣わした。源氏の方が気恥ずかしくなる先方の様子であったことを思い出しながら、

源氏（内心）「京の都よりも、却って、このような人目に付かぬ田舎にこそ、思い掛けず素晴らしい女方が、隠れるように暮らしているに違いない」

と、思っている。心配りをして、高麗《こま》の胡桃色《くるみ》（丁子色《ちょうじいろ》、黄色に赤みのある色）の紙に、何とも言えないほど素晴らしい体裁で、手紙を書く。

源氏（手紙）「**をちこちも知らぬ雲居《くもゐ》にながめわびかすめし宿の梢《こずゑ》をぞとふ**

（遠いのか近いのかも分からぬ雲居［空］に目をやって、眺めながら物思いに沈んでいます。ほのかに噂を耳にして、霞《かす》む宿［岡辺の家］の梢をお尋ねします）

『思ふには』の古歌のように、貴女への思いを忍ぶことができなくなりました」

と、それくらいのことが、書かれていたのだろう。

明石入道も、密《ひそ》かに、源氏からの便りを待ち受けようと思って、岡辺の家に来ていた。予想通りに手紙が届き、嬉しくて、使いの者がきまり悪くなるほど派手にもてなして、酔わせている。源氏への返事は、たいそう手間《てま》取《ど》っている。

明石入道は、部屋に入って急《せ》かすものの、娘は、まったく言う事を聞かない。こちらが、たいそう恥ずかしくなるほどの立派な手紙で、手を差し出すことさえも恥ずかしく、憚《はばか》られている。源氏の君と我が身の程《ほど》（身分）の違いを思うと、果てしない思いになる。

明石入道の娘「気分が悪いので」

と、言うと、物に寄り掛かって横になってしまった。明石入道は、言いあぐねて、娘の代わりに自ら返事を書く。

明石入道（代筆の手紙）「たいそう立派な御手紙に、田舎《いなか》びた袂《たもと》（娘を表す言葉）には身に余《あま》る光栄で、包み切れぬ思いなのでございましょう。まったく、拝見することもできないほどに、恐縮いたしております。そうではありますが、

ながむらん同じ雲居をながむるは思ひも同じ思ひなるらむ

（源氏の君が、眺めておられると言われる雲居［空］を、娘も眺めております。それは、同じ思

いからなのでございましょう）

と、思っております。たいそう色めいたことを申し上げまして」

と、書いて、差し上げた。陸奥国紙《みちのくにがみ》（陸奥産の和紙。檀紙《だんし》の別称。厚手で白く、縮緬《ちりめん》のような皺《しわ》がある）で、たいそう古めかしいが、書き振りは風情もあって色めかしい。

源氏（内心）「なるほど、色めいていることよ」

と、呆《あき》れながら見ている。使いの者には、格別な玉藻《たまも》（女装束）などを、禄《ろく》（褒美《ほうび》）として肩に掛けてやった。

　翌日のこと、

源氏（手紙）「これまで、宣旨書《せんじが》き（代筆の手紙）を頂いたことはありませんので」

と、書いて、

源氏（手紙）「**いぶせくも心にものをなやむかなやよやいかにと問ふ人もなみ**

（憂鬱《ゆううつ》で、心の中は何とも悩ましい思いです。『もしもし、どうしていますか』と尋ねてくれる人もいないのですから）

『言ひがたみ』（古歌のように、まだお会いしたこともないので言い難いのですが）」

と、今度は、たいそう素晴らしい、柔《やわ》らかな薄様《うすよう》（鳥《とり》の子紙《こがみ》の薄いもの、鶏卵《けいらん》の殻《から》に似た淡黄色の和紙）に、たいそう美しく書いている。
〈もし、若い女でありながら、心が惹きつけられないならば、あまりにも内気過ぎで、引っ込み思案と言えるだろう〉

明石入道の娘は、源氏からの手紙を喜ばしく思いながら見てはいるものの、同じに思ってはならぬ身の程の違いはどうしようもない。却《かえ》って、この世を生きている我が身を知って、尋ねて下さっていることを思うだけでも、涙が落ちそうになる。それでも、やはり、これまで通り、心を動かす気持ちにはなれないのであるが、父明石入道から強く促《うなが》されて、香《こう》を浅《あさ》くはなく、深くしっかりと焚《た》き染《し》めた紫の紙に、墨付《すみつ》き（墨の濃淡《のうたん》）を濃く薄くしながら、揺れ動く不安な気持ちを込めた書き振りで、歌を詠んだ。

明石入道の娘　**思ふらん心のほどややよいかにまだ見ぬ人の聞きかなやまむ**
（私に、思いを寄せて下さるという貴方のお気持ちは、さて、どれほどのものでしょうか。まだ会ったこともない人［私］の噂を聞いて、それほど悩むものでしょうか）

文字の書き振りや言葉遣いなどは、京の都の身分の高い人に、決して劣《おと》ることはなく、いかにも高貴な人らしく思われる。

源氏は、京の都を懐かしく思い出し、「風情のあることよ」と思いながら見ている。しかし、頻《しき》りに手紙を遣《つか》わすと、人目も気になるので、二、三日の隔てを置きながら届けている。つれづれなる夕暮《ゆうぐれ》（寂しく物思いに耽《ふけ》る夕暮れ時）や、あるいは、ものあはれなる曙《あけぼの》（しみじみと趣深い夜明け）などに、人目を避けて目立たぬようにしながら、娘の方でも同じ思いを抱いていると思われる頃合いを見計《みはか》らって、手紙を交《か》わしている。

〈決して、似合わぬ仲ではない〉

源氏は、明石入道の娘の思慮深《しりょぶか》くて気位《きぐらい》の高い様子から、
源氏（内心）「このまま会わずにはいられない」
と、思っている。かつて、良清が好意を抱いている様子で話していたことを思い出すと「若紫」［三］、不愉快にはなるものの、一方で、良清が長年思いを寄せていたのを知りながら、目の前で裏切って失望させるのも気の毒なことに思い、あれこれと思案している。娘の方から、源氏の女房として出仕することを望んで来たならば、それを理由にして、取《と》り繕《つくろ》うことも出来るだろうと考えている。しかし女（娘）は、これはこれでまた、むしろ高貴な身分の人よりも、かなり気位《きぐらい》の高い人で、源氏に、いまいましく思わせる振舞《ふるまい》をするのである。互いに意地《いじ》の張り

合いをして、時は過ぎて行った。

京の都の紫の上のことを思うと、このように、関《せき》（須磨の関）までも隔てて来てしまい、ますます気掛かりである。

源氏（内心）「これから、どうしたら良いのだろうか。冗談ではすまされぬほどに恋しい。こっそりと呼び寄せて、迎えてしまうのが良いだろうか」

などと、気弱になって考える折々もあるが、

源氏（内心）「いくらなんでも、このまま年を重ねることはないだろう。今更、紫の上を迎えたならば、体裁の悪いことになるだろう」

と、思い、気持ちを抑えている。

［一一］

その年、朝廷《おおやけ》では、何かの前触《まえぶ》れかと思われるような出来事が度々《たびたび》起こり、何とも物騒がしく、落ち着かないことばかりであった「明石」［一］。

三月十三日には、雷が鳴り、稲妻《いなずま》も光り、大騒ぎとなった。その夜、帝（源氏の兄）の夢に故父院が現れて、御前《おんまえ》の御階《みはし》の下《もと》（清涼殿東庭の階段）にお立ちになった。たいそうご機嫌《きげん》の悪い様子で睨《にら》みつけるので、兄帝は畏《かしこ》まって座っておられる。故父院は、兄帝に多くの事を伝えられていた「明石」［三］［四］。

〈源氏の処遇《しょぐう》についての件であったのだろう〉

兄帝（内心）「恐ろしいことだ。源氏には気の毒なことをしている」

と、思い、后（母弘徽殿大后《こきでんのおおきさき》）に伝えたところ、

弘徽殿大后「雨などが降り、空の荒れている夜には、思い込んでいることを、そのように夢に見るものです。軽々しく驚いてはなりませぬ」

と、言われる。

故父院が睨みつけた際、目を合わせたと思ったからだろうか。兄帝は、目の病を患《わずら》い、耐え難いほどの苦しみに悩まされる。御つつしみ（物忌《ものいみ》）を、内裏《だいり》（宮中）でも、大后の邸でも、際限なく行うように命じている。

そのような最中《さなか》、太政大臣《おおきおとど》（元右大臣、弘徽殿大后の父）が亡くなった。寿命とも言える年齢ではあったが、次から次へと不穏なことばかりが起こる。大宮（弘徽殿大后）も、原因の分からぬ病《やまい》となって、日が経つにつれて弱々しくなる有様で、内裏《うち》（兄帝）は、あれこれと思い嘆くことばかりであった。

兄帝「やはり、あの源氏の君が、実際に罪を犯した訳でもないのに、このように零落《おちぶ》れたままでは、必ずや、その報いがあるに違いないと思われます。今となっては、やはり、源氏の君に、元《もと》の位《くらい》を与えたいと思います」

と、度々、考えを述べられるが、

弘徽殿大后「そのようなことをすれば、世間から軽率であるとの非難を受けることになります。罪を怖れて京の都を去った者が、三年も経たぬうちに、赦《ゆる》されることになったならば、世間の人々は、どのような噂を言《い》い触《ふ》らすことでしょう」

などと、厳しく諫《いさ》められる。兄帝が母大后に遠慮して、月日を過ごしているうちに、お二人の病は、それぞれ重くなるばかりであった。

［一二］

明石の浦では、いつもの年と同じく、秋の浜風がどこよりも寒く吹いている。源氏は、独《ひと》り寝《ね》をつくづくと寂しく感じ、明石入道にも、時折、話し相手をさせている。

源氏「とにかく、人目を避けて、娘をこちらに来《こ》させよ」

と、言いつつも、自ら、娘の住む岡辺の宿に出向くことは考えていない。娘の方でも、まったく、その気にはなれない様子であった。

明石入道の娘（内心）「たいそう身分の低い田舎人《いなかびと》ならば、ほんの一時、都から下《くだ》って来た人の甘い言葉につられて、そのように軽々しく、懇意《こんい》な間柄《あいだがら》になることもあるのかもしれない。しかし、源氏の君は、私を人並《ひとなみ》な者として、人数《ひとかず》に入れては下さらないだろうから、辛い思いをするに違いない。このように、身の程知らずに、高望みをしている親達（父明石入道と母君）も、私が未婚でいるうちは、当てのない望みを頼りにして、行く末を楽しみにしているのだろうが、もし本当に、私が、源氏の君と結婚することになったならば、却って、心配をし尽《つ》くすことになるだろう」

と、思っている。

明石入道の娘（内心）「ただ、源氏の君が、この明石の浦におられる間だけならば、このような手紙くらい、やり取りしても愚かなことではないだろう。長年、音《おと》（噂《うわさ》）にだけは聞いていたが、まさか、いずれの日にか、評判通りの源氏の君のお姿を、ちらりとでも拝見することができるとは、思いもしなかった。浜の館《はまのたち》（明石入道の本邸）で、はっきりではないものの、ほんの少しお見掛けして、その上、世にまたとないと噂に聞いていた御琴の音も、風に乗って聞くことができた。明け暮れのご様子も、よく分かる。このように、この世を生きている者として、私を認めて下さり、声を掛けて頂けることは、海人達の中で、零落れている私にとっては、身《み》に余《あま》ることとなのだ」

などと思うと、ますます気が引けて、まったく、お近づきになりたいとは、思いも寄らない。

一方で、親達（父明石入道と母君）も、これまでの長い年月の祈り（祈禱、祈願）の叶う気持ちになりながらも、
明石入道と母君（内心）「不意に、源氏の君に娘をお見せして、もし人並に扱って頂けなかったならば、娘は、どれほど悲嘆することになるだろうか」

と、想像すると辛くなる。

明石入道と母君（内心）「源氏の君を立派な方であると思ってはいても、辛く悲しい思いをすることになるかもしれない。目に見えぬ仏神にすがるばかりで、源氏の君のお気持ちや、我が娘の宿世《すくせ》（前世からの因縁《いんねん》）も知らずに、早まったことをしてしまった」

などと、これまでとは違う思いを抱き、心は乱れるばかりであった。

源氏「近頃《ちかごろ》の浪《なみ》の音《おと》に合わせて、其方《そなた》の娘の物《もの》の音《ね》（琴や琵琶の音色）を聞きたいものだ。このような季節に聞かずしては、もったいないことだ」

などと、始終《しじゅう》、催促《さいそく》している。

［一三］

明石入道は、密かに、吉日《きちじつ》（縁起《えんぎ》の良い日）を選び、妻（娘の母君）が、あれやこれやと心配しているのも聞き入れず、弟子達などにさえも知らせず、自分の考えだけで事を進めている。部屋を輝くばかりに設《しつら》えると、十二、十三日の月の光が、美しく射し始める頃、ただ一言《ひとこと》、明石入道「『あたら夜の（もったいないほどに美しい月夜に娘を）』」

と、伝えた。

（読者として……明石入道は、古歌を引用して、源氏に娘を合わせたい旨を伝えています。十二、十三日の月は、旧暦九月十三日頃の「十三夜月《じゅうさんやづき》」「後《のち》の月」ではないかと想像します。八月十五日の「中秋の名月」とともに、美しいとされています）

源氏（内心）「色めいたことよ」

と、思いながらも、直衣《のうし》を着て、身なりを整えると、夜が更けるのを待ってから出かけた。

車（牛車）は、この上ないほど立派に飾り立てられて、用意されているが、

源氏「仰々《ぎょうぎょう》しい」

と、思い、馬に乗って出かけた。惟光《これみつ》などばかりを、供として連れて行く。明石入道の娘の暮らす岡辺の宿は、海辺から山の方へ、少し奥深く入り込んだ場所であった。

源氏は、道中も、四方《よも》（東西南北）の浦々を見渡して、「思ふどち」と古歌を思い浮かべながら、気の合う人と眺めたいと思う入江の月影を見るにつけても、まず恋しい人のことを思い出している。このまま、馬に乗って通り過ぎ、京の都まで行ってしまいたいと思っている。

源氏　**秋の夜のつきげの駒よわが恋ふる雲居《くもゐ》をかけれ時のまも見ん**

（秋の夜の月毛《つきげ》［馬の毛色の名］の馬よ、私が恋い慕う人のいる雲居を目指して、雲を駆《か》けて行っておくれ。束《つか》の間《ま》でもお姿を見たいのだよ）

（読者として……源氏の恋い慕う人は、誰であるのか。藤壺か、それとも紫の上か。筆者紫式部に、考えさせられる気持ちになります。これまでの経緯と「雲居」の表現から、藤壺を思い浮かべているのではないかと想像します）

岡辺の宿は、木立《こだち》の茂《しげ》みの中の素晴らしい場所にあり、見応《みごた》えのある住まいである。海辺の家は、厳《いか》めしい趣《おもむき》である一方、こちらは、物寂しく暮らしている様子である。

源氏（内心）「このような所で暮らしていれば、物思いの限りを尽くし、思い残すことはないのだろう」

と、想像するだけで、しみじみとした気持ちになる。三昧堂《ざんまいどう》（法華三昧《ほっけざんまい》を修行する堂）が近いので、鐘《かね》の声（音）が松風に響き合い、もの悲しく聞こえてくる。岩に生えている松の根差《ねざ》し（根の張り具合）も趣のある風情で、前栽《せんざい》（庭の植え込みの草木）からは、虫の声が盛んに聞こえてくる。源氏は、あちらこちらの様子を眺めている。

娘の暮らす辺りは、格別に美しく磨き立てられて、月の光の射し込む真木《まき》の戸口は、他とは異なる思わせぶりな趣で、押し開けてあった。

（読者として……源氏は、家の中に入って行きます）

源氏は、少し躊躇《ちゅうちょ》しながら、あれこれと娘に言葉を掛けているが、
明石入道の娘（内心）「こんなにまで近い場所で、お目に掛かりたくはない」

と、心底《しんそこ》思っている。その様子に、源氏は何とも嘆かわしい思いになり、娘の打ち解けない気立《きだ》てに、
源氏（内心）「随分《ずいぶん》と一人前の女のように振る舞うのだな。あまり近づくことの許されぬ身分の

高い女方であっても、これだけ言い寄ったならば、気丈《きじょう》に拒《こば》み通《とお》すことはできなくなるものであるが。私が、このように、ひどく見映《みば》えのしない質素な恰好《かっこう》をしているから、軽蔑《けいべつ》しているのだろうか」

と、思うと、悔《くや》しくてならず、あれこれと頭を悩ましている。

〈読者として……源氏の心理描写には、身分の高い女方を口説《くど》き落《お》とした過去の成功体験による傲慢《ごうまん》さを感じます。読み手としては、藤壺や六条御息所との関係を思い浮かべていると想像します〉

源氏（内心）「相手の気持ちを思《おも》い遣《や》らずに、無理強《むりじ》いするのは、今、この場においては相応《ふさわ》しくないだろう。しかし、意地の張り合いに負けたならば、それはそれで、体裁の悪い、みっともない思いをするだろう」

などと思うと、心は乱れ、娘に恨《うら》み言《ごと》を言《い》っている。

〈まったく、物思いに耽《ふけ》っているであろう人にこそ、源氏が平静ではいられず、心を乱している姿を見せたいものである〉

〈読者として……「物思いに耽る人」とは、京の都の二条院で、源氏の身を心配しながら留守を預かっている紫の上のことであると想像します。「物思い」は、「思い悩むこと、悩み、心配」

などの意味で、後に、紫の上の心労を描写する言葉として、改めて使われます。また、源氏の負けたままでは終われぬ、負けず嫌いの性格描写は、昔から変わらぬ人物設定であると気付きます「末摘花」［七］）

すぐ傍《そば》の几帳《きちょう》の紐《ひも》が、箏《そう》の琴《こと》に触れて音を立てている。娘がゆったりと寛《くつろ》いだ様子で、箏の琴を慰みに掻き鳴らす姿を想像すると、心をそそられて、

源氏「父君（明石入道）から、日頃、お噂に聞いています。お返事もなく、琴の音までも、聞かせて頂けないのでしょうか」

などと、言葉を尽くして話し掛ける。

源氏　**むつごとを語りあはせむ人もがなうき世の夢もなかばさむやと**

（睦言《むつごと》を、琴の音に合わせて語り合える人が欲しいものです。憂《う》き世《よ》の悲しい夢［煩悩《ぼんのう》］も、半《なか》ば醒《さ》めることができるかと）

明石入道の娘　**明けぬ夜にやがてまどへる心にはいづれを夢とわきて語らむ**

（明けることのない夜を、ずっとさ迷っている私の心には、何を夢［煩悩］と思って語れば良いのか分かりません）

わずかに感じられる明石入道の娘の気配には、伊勢へ下《くだ》った六条御息所《ろくじょうのみやすどころ》の雰囲気に似たものを感じる。

娘は、何の心構えもなく、のんびりしていたところに、このように源氏が思い掛けず近寄って来たのであるから、どうしようもなく辛くてたまらない。近くの曹司《ぞうし》（部屋）の中に入ってしまい、どのように固定したのか、戸を、開かないように、しっかりと閉めてしまった。源氏は、無理に押し開けてまで、入ろうとはしない様子である。

〈しかし、やはり、どうして入らずにいられようか〉

（読者として……源氏は、我慢できず、部屋に入ってしまったようです）

明石入道の娘は、たいそう上品で、すらりと背が高く、こちらが気恥ずかしくなるような感じの人であった。源氏は、自らの執着心から、このように契《ちぎ》りを結べたことに、浅くはない縁《えにし》をしみじみと感じていた。

〈源氏の姫君への思いは、近《ちか》まさり（近くで見ると、それまでに思っていた以上に相手が優《すぐ》れて見えること）しているに違いない〉

いつもならば、独り寝で嫌な思いになる秋の夜長《よなが》も、あっという間に明けてしまう心地である。
源氏（内心）「誰にも知られまい」
と思うと、心は慌《あわただ》しくなる。あれこれと、心を込めて語り掛けて、部屋を出た。

源氏からの後朝《きぬぎぬ》の文《ふみ》が、たいそう人目を忍んで、その日のうちに届けられた。
〈源氏と明石入道の娘の婚姻は、筋《すじ》の通らぬことであるから、心の鬼《おに》（良心《りょうしん》の呵責《かしゃく》）に悩むことになるに違いない〉

岡辺の宿でも、娘が、源氏の君と結ばれたことについて、
明石入道（内心）「何としてでも、世間に知られてはならぬ」
と、思い、包み隠しているので、手紙を届けに来た使いの者を華やかに持《も》て成《な》すこともできず、残念に思っている。

その後、源氏は、人目を忍びながら、時々、岡辺の宿を訪れる。源氏の住む海辺の宿からは、少し距離があるので、
源氏（内心）「ひょっとすると、口の悪い海人《あま》の子が、その辺りで見ているのではないか」
と、あれこれ慮《おもんぱか》り、訪れの途絶《とだ》えることもある。

明石入道の娘（内心）「さればよ（案《あん》の定《じょう》）」

と、悲嘆している。

明石入道（内心）「娘の嘆きは、もっともなことだ。源氏の君は、どのようにお考えなのだろうか」

と、自分の極楽往生《ごくらくおうじょう》の祈願も忘れて、ただ、源氏の君の様子を窺《うかが》いながら、ひたすら待っている。

〈出家した身でありながら、今更、心を乱しているとは、まったく情けない有様である〉

（読者として……仏道の法師である明石入道が、自らの宿願［極楽往生と、娘を身分の高い人と結婚させること］を叶えるために、仏のみならず神社の神にも祈り続け、蓄財にも励んでいた様子が描かれてきました。法師でありながら世の人々の安寧《あんねい》を祈る姿はなく、筆者紫式部の苛《いら》立《だ》つ心情が伝わってきます）

［一四］

源氏（内心）「二条の君（紫の上）が、もし、私と明石入道の娘との契りを、風の便りにでも耳にしたならば、『一時《いっとき》の戯《たわむ》れであっても心の隔《へだ》て（隠《かく》し立《だ》て）をしていた』と思い込み、私を忌《い》み嫌《きら》って遠ざけることになるかもしれない。それは私にとって辛《つら》いことで、決まりも悪い」

と、思っている。

〈執着心の強い、身勝手な性格であるがゆえのことであるよ〉

これまでにも、女方との関係について、温和な人柄の紫の上であっても、さすがに気掛かりで、恨み言を言うことは度々《たびたび》あった。

源氏（内心）「なぜ、つまらない遊《すさ》び事《ごと》（女遊び）をして、あのように、紫の上に辛い思いをさせていたのだろう」

などと思い出すと、昔に戻り、紫の上の心を取り返したくなる。

明石入道の娘の姿を見るにつけても、紫の上を恋しく思い出し、気を静めることができなくなる。いつにも増して、手紙の文面に、細やかな気配《きくば》りをしている。
　その末尾に、
源氏（手紙）「そう言えば、我ながら思い掛けない出来心から浮気をして、貴女《あなた》に疎《うと》まれたことを、あれこれ思い出すと、胸が痛くなります。それなのに、また、奇妙なことに、ちょっとした夢を見てしまいまして。このように、問《と》わず語《がた》り（尋《たず》ねられもしていないのに語り出すこと）をしている、私の隔てのない気持ちの深さを思い合わせて下さい。『誓ひしことも』（誓いを裏切ったならば神の罰を受けてもよい）の古歌のように」
などと書いて、続けて、
源氏（手紙）「何事においても、
しほしほとまづぞ泣かるるかりそめのみるめは海人《あま》のすさびなれども
（しょんぼりと、まず初めに泣かれてしまったのです。仮初《かりそめ》に刈《か》り取《と》る、見《み》る目《め》の海松布《みるめ》のような、海人の遊《すさ》び事《ごと》にすぎないのですが）」
と、歌も添えられていた。
（読者として……源氏は、言葉巧みに自己弁護しながら、明石入道の娘との出会いを、紫の上に伝えています）

京の都で手紙を受け取った紫の上は、素直な気持ちで、可愛らしく返事を書いてはいるが、最後に、

紫の上（手紙）「貴方の隠しきれない夢語《ゆめがた》り（夢のようにつかみどころのない話）を聞くにつけても、これまでのことを思い出し、あれこれと思い合わせています。

うらなくも思ひけるかな契《ちぎ》りしを松より波は越えじものぞと

（私は疑うことも知らず、正直に信じていたのですね。約束しましたよね。『松より波は越えないもの』と誓う古歌のように、貴方が心変わりすることはないと）」

穏やかな書き振《かぶ》りではあるものの、徒《ただ》ならぬ思いを仄《ほの》めかす文面である。源氏は、たいそう可哀想な思いになり、手紙を手放せずに見ている。紫の上への気持ちが、いつまでも後《あと》を引いて、忍《しの》びの旅寝《たびね》（明石入道の娘の岡辺の宿での外泊）もしなくなった。

（読者として……原文では、物語上、紫の上の人柄を表す言葉の一つとして、「うらなし」が度々使用されています。この場面の「うらなくも思ひける」には、隠し立てしない素直な性格であるがゆえに、源氏の言葉巧みな嘘に、翻弄されてきた苦しみの思いが込められています［参考『紫式部の眼《まなこ》』第二章⑤］）

［一五］

女（明石入道の娘）は、心配していた通りに、源氏が旅寝をしなくなり、今こそ本当に、身投《みな》げしてしまいたい気持ちになっている。

明石入道の娘（内心）「老《お》い先短《さき》い親だけを頼りにしている我が身であるから、『いつの日にか、人並《ひとなみ》になれるはず』などとは、思ったこともなかったけれど、ただ、何も分からぬまま過ごしていた年月、何かに心を悩ますことはあっただろうか。世の中とは、これほどまでに辛く、物思《ものおも》いに苦しむところであったのだ」

と、これまで思っていた以上に、何もかもが悲しくてたまらない様子であるが、それでも、源氏に対面する際には、穏やかに振る舞い、見苦しくないようにしている。

源氏は、明石入道の娘について、「可愛らしい人だ」と月日が経つほどに思いはするものの、源氏（内心）「京の都では、大切な方（紫の上）が、心細く待ち遠しい思いで年月を過ごし、徒《ただ》ならぬ思いを抱《いだ》きながら、気持ちを奮《ふる》い立たせていることだろう」

と、思うと、たいそう気の毒になり、独《ひと》り寝《ね》をして過ごすことが多くなっている。

様々な趣《おもむき》の絵を描き溜《た》めて、心の内を和歌に詠んで書き付けている。いつの日か、返歌を聞いた際に書き込めるように、工夫も凝《こ》らしている。

〈この絵を見た人は、心に深く染み入るに違いない風情である。ところで、どうしてこの二人は、空《そら》に通《かよ》う心（空を行き来する心）のように、同じことをするのだろうか〉

京の都でも、二条の君（紫の上）が、しみじみと寂しくて、心を慰めることのできない折々には、源氏と同じように、絵を描いて溜めると、そこにそのまま、我が身の有様を日記のように書き付けていた。

〈これから先、源氏、紫の上、明石入道の娘の三人は、どのような関係になって行くのであろう〉

［一六］

新年になった。内裏（宮中）の帝（源氏の兄）に、お薬《くすり》の届けられている様子から、世間では、ご病気ではないかと様々な噂が立っている。

帝の御子《みこ》は、右大臣の娘承香殿女御《しょうきょうでんのにょうご》のお腹《なか》から生まれた男御子がおられる。ただ、まだ二歳になったばかりで、たいそう幼い。

〈当然のこととして、帝は、春宮（藤壺と源氏の秘事の罪の息子）に、御位《みくらい》をお譲りになることだろう〉

しかし、朝廷の後見役として、世の政《まつりごと》を執《と》り行《おこな》う人物を、あれこれ思い巡らしてみると、その役目に相応《ふさわ》しいはずの源氏は、京の都を退去し、零落《おちぶ》れている有様である。それは、まったく惜《お》しいことで、あってはならないとお考えになり、遂《つい》に帝は、后《きさき》（母弘徽殿大后）の諫《いさ》めに背《そむ》いて、源氏を赦免《しゃめん》する決定をされた。

去年から、弘徽殿大后も物の怪に苦しまれ、様々な物《もの》の諭《さと》し（何かの前兆《ぜんちょう》）が頻繁《ひんぱん》に起こり、落ち着かない有様で、盛大に物忌《ものい》みの祈禱《きとう》の数々が行われていた。その効験《こうけん》によるものか、帝の目の病の方は、快方《かいほう》に向かっていたのであるが、近頃、また症状が重くなり、心細く思っておられた。それにより、七月二十日過ぎの頃、再び、重ねて、源氏に帰京すべき宣旨《せんじ》が下《くだ》された。

源氏（内心）「終《つい》には、帰京できるだろう」

と、思ってはいたものの、

源氏（内心）「この世は無常であるから、どのように、零落れ果ててしまうことか」

と、悲嘆もしていたのである。それ故に、このような突然の仰せ言は嬉しい思いではあるものの、一方で、「この浦とも、今となっては、いよいよ別れの時」と思いながら離れることを思うと、それも嘆く思いになる。

明石入道（内心）「源氏の君の帰京は、当然のことだ」

と、思いながらも、いざ耳にすると、忽《たちま》ち胸の詰まる思いになる。しかし、

明石入道（内心）「源氏の君が栄達《えいたつ》されてこそ、宿願を果たせるのだ。己《おのれ》の願いが叶うのだ」

などと思って、気を取り直している「須磨」［一九］、「明石」［九］。

その頃、源氏は、毎晩欠かさず岡辺の宿を訪れて、明石入道の娘と語り合って過ごしていた。

（読者として……いつの間にか、紫の上への遠慮の気持ちは無くなっているようです）

六月頃から、娘は、懐妊《かいにん》の徴候《ちょうこう》による気分の悪さ（悪阻《つわり》）に苦しんでいた。こうしているうちにも、別れの時は、迫《せま》ってくる。

〈執着心による性分からだろう〉

源氏は、これまでにも増して、愛《いと》しさが募《つの》り、

源氏（内心）「異様なほど、物思いに苛《さいな》まれる我が身であることよ」

と、あれこれ心を乱している。

〈女（明石入道の娘）については、改めて言うまでもなく、気持ちが沈んでいる。まったく、当然のことだろう〉

源氏（内心）「京の都を離れる時は、思い掛けない悲しい旅路への出立《しゅったつ》ではあったが、一方で心の中では、『終には戻って来るだろう』と自らを慰めていた。この度の帰京は、嬉しい旅路への出立ではあるが、また再び、この地に戻って来ることはあるだろうか。いや、あるはずもない」

と、思うと、悲しみが込み上げてくる。

供人達は、身分に応じて、それぞれに帰京を喜んでいる。京の都からも迎えの人々がやって来て、皆、楽しそうな雰囲気である。

一方、主《あるじ》の明石入道も、涙に暮れているうちに月は改まり、八月になった。時節（仲秋）までもが、しみじみとした風情の空の景色である。

源氏（内心）「なぜ、己《おのれ》の心のままにしたことが、今も昔も、思いも及ばぬ女方との恋仲となり、我が身を零落れさせることになるのか」

と、様々なことを考えて、思い悩んでいる。供人の中でも、源氏の性分を知る者達（惟光や良清など）は、

惟光と良清「ああ嫌だ。源氏の君のいつもの悪い癖だ」

と、見ながら、うんざりしているようである。

惟光と良清「源氏の君は、この数か月、明石入道の娘への思いを人にはまったく見せず、時々、人目を避けながら訪ねるくらいで、冷静に振る舞っておられたのに、近頃は、執着心の性分がひどくなってしまって、却って、物思いの限りを尽くすことになるだろうよ」

と、互いに突っつき合って、困ったことになったと思っている。

少納言（良清）は、以前、源氏の君に、明石入道の娘について、話をしたことがある「若紫」[三]。その時のことを、人々が、ひそひそと噂しているのを耳にすると、心穏やかではいられぬ思いになっていた。

［一七］

京の都への出立の日が、明後日《あさって》の頃となった。源氏は、いつもとは異《こと》なり、あまり夜更《よふ》けにならぬうちに、明石入道の娘の住まいである岡辺の宿を訪れた。これまで、はっきりと見ることのなかった顔立ちなどに、たいそう奥ゆかしい趣と気品を感じて、源氏（内心）「思いの外《ほか》、素晴らしい人であったことよ」と、この地に残して旅立つことが、残念でならない。源氏（内心）「然《しか》るべき準備をして、京の都へ迎えよう」と、決心し、それを語って聞かせ、慰めている。

男（源氏）の容姿は、改めて言うまでもなく素晴らしい。この数年来の勤行《ごんぎょう》で、ひどく面《おも》やつれしてしまったにも拘《かかわ》らず、何とも言いようがないほど立派な姿である。辛い様子で少し涙ぐみながら、しみじみと深い情《じょう》を込めて約束をしている。明石入道の娘（内心）「ただ、このように、情《なさ》けを掛けて頂くだけでも幸《さいわ》いというもの。どうして、さらに望むことがあろうか」

と、そのように思いはするものの、源氏の君の立派な姿に、却って、我が身《み》の程《ほど》（身分、境遇）を思い知り、果てしない隔《へだ》たりを感じる。

波の声《こえ》（音）が、秋の風に乗って聞こえてくる。やはり、その響きは格別である。塩焼《しおや》く煙《けむり》も、かすかに棚引《たなび》いて、あらゆる風情を取り集めたような、風光明媚《ふうこうめいび》な場所である。

源氏　**このたびは立ちわかるとも藻塩《もしほ》やく煙《けぶり》は同じかたになびかむ**

（この度《たび》の私の旅《たび》は、貴女と別れての旅立ちですが、藻塩焼く煙は、同じ方角に靡《なび》くように、いずれは、私達も必ず一緒になりましょう）

と、歌を詠むと、

明石入道の娘　**かきつめて海人《あま》のたく藻の思ひにもいまはかひなきうらみだにせじ**

（海人が藻《も》を掻《か》き集めて焼くような、物思《ものおも》いをしています。今は何を言っても甲斐《かい》がありませんので、貝《かい》のように黙って浦《うら》を見て、恨《うら》みを言うのはやめておきます）

と、返歌をする。しみじみと泣きながら、言葉の数は少ないものの、然るべき事柄についての返事などは、しっかりと答えている。

（読者として……源氏からの、「京の都に迎える」という慰めの言葉により、明石入道の娘は、「お腹《なか》の子を大切にしながら、信じて待っている」と、返事をしたのではないかと想像します）

これまで、いつも、源氏が聞きたいと思っていても、明石入道の娘は、琴の音などを、決して聞かせることはなかった。源氏には、それがたいそう心残りで、恨みに思っていた。

源氏「それほど気が進まないならば、恨みを言うのはやめておきます。せめて形見に、懐かしい思い出となる一言《ひとこと》（琴）だけでも」

と、言うと、供人に、京の都から持って来ていた琴《きん》（七絃琴）を、浜辺の邸に取りに遣《つか》わした

「須磨」［五］［一五］、「明石」［八］。

源氏は、格別な風情の調《しら》べ（演奏、楽曲）を、わずかに掻《か》き鳴《な》らす。深夜の澄んだ空に響き渡る音色は、譬《たと》えようもなく素晴らしい。

明石入道は、じっとしていられず、箏《そう》の琴《こと》（十三絃琴）を手に取ると、娘の御簾《みす》の中に差し入れた。娘本人は、溢《あふ》れる涙にまで急《せ》き立てられて、拒《こば》む理由もないので促《うなが》されたのだろう。密《ひそ》やかな弾き方の風情は、たいそう高貴な方のようであった。

源氏は、これまで、入道の宮（藤壺）の琴の音色こそ、今の世においては類《たぐい》ないものであると思っていた。「今風《いまふう》で、何とも見事である」と聞《き》く人の心を満足させ、弾き手の容姿までも素

晴らしく思えてしまうような弾き方で、たいそうこの上ない音色《ねいろ》であった。

こちらの明石入道の娘の琴の音は、どこまでも一心不乱に見事に弾いて、悔しいほどに心の惹かれる音色は、誰よりも優れている。

楽《がく》の音《ね》に詳しい源氏でも、初めて聞く音色で、しみじみとした懐かしさを感じる。これまで、聞いたことのない手（曲）などを、聞く人の心を焦《じ》らすように、途中で手を止めながら弾くので、源氏は物足りなく思う。

源氏（内心）「これまでの月日、どうして、無理強《むりじ》いしてでも弾かせて、聞き慣れておかなかったのだろう」

と、悔しく思っている。心の限り（精一杯）、行く先（将来）の約束をするばかりである。

源氏「この琴《きん》は、また一緒に、掻き合わせる時までの形見にして下さい」

と、言う。

明石入道の娘　**なほざりに頼めおくめる一《ひと》ことをつきせぬ音《ね》にやかけてしのばん**

（本気ではないと思われますが、約束の一言《ひとこと》を頼りにしています。貴方への尽きぬ思いを、この形見の一琴《ひとこと》の音に託して偲《しの》んでいましょう）

はっきりではなく、呟《つぶや》くように不安を口ずさむので、源氏は恨み言のように、

源氏「逢《あ》ふまでのかたみに契る中の緒《を》のしらべはことに変らざらなむ
（再び逢える日までの形見《かたみ》に、互《かた》み［互《たが》い］に約束した、私達の中［仲］を繋《つな》ぐ、琴《こと》の中の緒《お》の調子は、殊《こと》に変わらないでほしいものです）
この琴の音色の変わらぬうちに、必ず逢いましょう」
と、頼《たよ》りに思わせているようである。

〈しかし、源氏が、このようにいくら言葉を掛けても、今こそ別れねばならぬ目の前の現実は変わらない。明石入道の娘は、耐え難い悲しみで、胸の詰まる思いをしている。まったく当然のことである〉

［一八］

京の都へ向けて出立する日、暁《あかつき》のまだ暗い時分に岡辺の宿を出る。京からの迎えの人々も賑《にぎ》やかに集まっている。源氏は、心《こころ》も空《そら》（気《き》も漫《そぞ》ろ）になりながらも、人間《ひとま》（人のいない隙《すき》）を見計《みはか》らい、明石入道の娘に歌を詠む。

源氏　**うちすててたつも悲しき浦波のなごりいかにと思ひやるかな**

（貴女を残して、明石の浦を出立するのは悲しいことですが、寄せては返す浦波のような私の去った後、貴女が、どれほど悲しい思いをされているかと、思いを馳せることでしょう）

明石入道の娘　**年へつる苫屋《とまや》も荒れてうき波のかへるかたにや身をたぐへまし**

（年月を過ごした苫屋［粗末な小屋］が荒れてしまうのは、憂《う》き［辛い］ことです。浮《う》き波となり、貴方の帰る方角に向かって身を投げてしまいたい思いです）

と、思いのままに詠んだ歌を返す。源氏は、それを見ると、我慢しながらも、ほろほろと涙がこぼれ落ちた。

源氏の心の内を知らない供人達は、

供人達（内心）「こうした住まいであっても、やはり、年月を過ごし、慣れておられたのだから、『今こそ、いよいよ別れの時』と思うと、寂しくなるのは当然のことだろうよ」

などと、思いながら見ている。良清などは、

良清（内心）「源氏の君は、あの明石入道の娘を、放ってはおけないと思っておられるのだろうな」

と、憎らしく思っている。

（読者として……良清は、明石入道の娘との結婚を望んでいました。かつて自分から娘の存在を話したことが切っ掛けとなって、源氏の君に横取りされたことを、悔しく思っているようです。「若紫」［三］、「明石」［四］）

〈供人達は、帰京を嬉しく思いながらも、まさに今日を限りに、この渚《なぎさ》（波打ち際《なみうちぎわ》）と別れ、離れて行くことなどを思うと寂しくもなり、皆、涙を流しながら、口々に話すことも多々あるようである。しかし、それについては、ここに書く必要があるとも思えないので、省《はぶ》くことにする〉

明石入道は、今日の日に合わせて、源氏一行《いっこう》の旅支度《たびじたく》を、たいそう盛大に調《ととの》えていた。供人

には、下《しも》の品《しな》（身分の低い者）にまで、素晴らしい旅装束が仕立てられている。
源氏（内心）「いつの間に、これほど用意していたのか」
と、思いながら見ていた。

源氏に贈られた装束は、言い様がないほどに見事《みごと》で、数多くの御衣櫃《みぞびつ》（衣箱《ころもばこ》）を供人に担《かつ》がせている。都への本物の土産《みやげ》にもなりそうな贈り物ばかりで、情趣《じょうしゅ》に富《と》み、明石入道の気配りに思い至らぬところはない。
今日、出立の際、源氏が身に付けるようにと用意された狩衣《かりぎぬ》の装束には、歌が添えられていた。
明石入道の娘　**寄る波にたちかさねたる旅衣《たびごろも》しほどけしとや人のいとはむ**
（打ち寄せる波のように、次々と裁ち重ねた旅衣では、涙に濡れていると嫌に思われるでしょうか）
と、書かれているのが目に留まる。慌《あわただ》しい折ではあったが、
源氏　**かたみにぞかふべかりける逢ふことの日数へだてん中の衣《ころも》を**
（形見《かたみ》として、互《かた》み［互《たが》い］に取り換えるべきですね。また逢う日まで、私達の仲を隔てる中の衣を）

と、返歌をして、

源氏「せっかくの贈り物であるからな」

と、言って、着替える。そして、それまで身に付けていた装束などを、明石入道の娘に贈った。

〈いかにも、また一重《ひとえ》（一つ）、秘密にせねばならぬ約束事としての形見の品になるようである。何とも言えぬほど素晴らしい装束からは、源氏の君の移《うつ》り香《が》が漂う。明石入道の娘の心にも、どれほど染み入ったことだろう〉

明石入道「『もはや、これまで』との思いで、俗世を捨てた身の上ではありますが、今日の御出立のお見送りに、お供できませぬことが悔しくて」

などと、言って、貝《かい》のように口をへの字にして、べそをかいている。

〈気の毒に思えるものの、若い供人達は、「年甲斐《としがい》もない」と笑っているに違いない〉

明石入道「**世をうみにここらしほじむ身となりてなほこの岸をえこそ離れね**

（世の中を倦《う》み［嫌になり］、海辺での生活に、これほど慣れた身となりましたので、やはり、この明石の浦の岸を離れることはできないのでございます）

心《こころ》の闇《やみ》（子を思うあまりに迷う親心）により、たいそう心は乱れておりまして、せめて国境《くにざかい》まで」

と、言う。

明石入道「色めいた話ではございますが、娘のことを、思い出して預ける折《おり》もございますならば」

などと、源氏の機嫌《きげん》を窺《うかが》っている。源氏にとっても嬉しい言葉で、切なさを感じ、所どころ、少し赤くしている目の辺りなどが、傍目《はため》には、言《い》い様《よう》のないほど美しく見える。

源氏「忘れ去ることのできぬ筋合《すじあ》いの話（明石入道の娘の懐妊《かいにん》）もあるようですから。今に直《す》ぐ、私のことを見直して頂けることでしょう。ただ、この住処《すみか》だけは、後に残して立ち去り難《がた》い思いです。どのようにすれば良いものか」

と、言うと、
源氏　**都出《みやこい》でし春のなげきにおとらめや年ふる浦をわかれぬる秋**
（京の都を旅立った、あの春の日［一昨年の三月二十日過ぎの晩春］の悲しみの嘆きに劣るだろうか。いや、年月を過ごした明石の浦や、年老いた貴方［明石入道］と別れるこの秋は、それに劣ることはない）

と、歌を詠みながら涙を押《お》し拭《ぬぐ》う。明石入道は、いよいよ正気《しょうき》を失い、ますます涙で袖を濡《ぬ》らしている。立居振舞《たちいふるまい》も見苦しい有様で、よろめいている。

一方の正身《しょうじみ》（明石入道の娘本人）の気持ちも、譬《たと》えようもないほどであるが、明石入道の娘（内心）「このように、深い悲しみに沈む姿を、人には見られまい」と、思って、心を静めている。

〈娘本人の悲運によるもので、仕方のないことではあっても、源氏が我が身を見捨てて、京の都へ帰ってしまう恨めしさを晴《は》らす術《すべ》はない。源氏の君の面影《おもかげ》が目に浮かび、忘れられない。せいぜいできることは、ただ涙を流して悲しみに沈むことだけのようである〉


母君も、娘を慰《なぐさ》め兼《か》ねて困っている。

母君「どうして、このように悩みの種になるようなことを、思《おも》い始《はじ》めたのでしょう。何もかも、僻々《ひがひが》しい人（ひねくれ者、夫明石入道）に従ってしまった、私の怠慢《たいまん》からの過《あやま》ちでした」

と、言う。

明石入道「やかましい。源氏の君には、お見捨てになれないこと（娘の懐妊）があるのだ。今は帰京されても、お考えになっていることがあるだろう。心を落ち着けて、湯（薬湯）などでも飲みなさい。ああ、縁起でもない」

と、言うと、部屋の片隅で、物にもたれ掛かって座った。乳母《めのと》や母君などは、明石入道のひね

くれた性分を互いに話しながら、
母君「いつの日か、どうにかして宿願を叶え、身分の高い方と結ばれた娘の姿を見たいと願って、長い年月、当てにして過ごしてきました。『今こそ、願いが叶う』と頼りにしていましたのに、縁談の初めから、辛く悲しい思いをすることになってしまうとは」
と、嘆いている。明石入道は、妻と娘の悲嘆する姿を見ると可哀想でたまらず、すっかり惚《ほう》けてしまい、昼間はずっと寝て過ごしている。夜になると健《すこ》やかに起き出して、
明石入道「数珠《じゅず》をどこに置いたか忘れてしまった」
と、言って、両手を擦《す》り合わせながら、仏を仰《あお》ぎ拝《おが》んで座っている。
弟子《でし》たちにも馬鹿にされて、月夜の庭に出て行道《ぎょうどう》（僧が経を読みながら巡り歩くこと）をしようとしたところ、遣水《やりみず》に転《ころ》げ落《お》ちてしまった。風流な岩の角《かど》で腰を打ち付け、怪我《けが》をして寝込んでしまう。その時だけは、痛みに気を取られて、娘の将来の心配も、少しは紛れているのだった。

（読者として……明石入道のまごつく姿の可笑《おか》しさは、風流には程遠く、喜劇のような、戯画的描写の巧みさを感じます）

［一九］

源氏は、京の都へ向かう途中、難波《なにわ》の方《かた》（祓《はらえ》の名所）に立ち寄り、御祓《おはらえ》をして身を清めた。住吉神社の神にも、ご加護によって平穏無事に様々な願《がん》の叶えられた礼に、使者を遣わしてお伝えした。急に決まった帰京で慌しい中でもあり、源氏自身は、この度は参拝せず、特に行楽《こうらく》などをすることもなく、急ぎ京の都に入った。

源氏の一行《いっこう》が二条院に到着すると、都で待っていた人々も、明石から供として仕えて来た人々も、夢のような嬉しい気持ちで再会を喜び、涙を流し、不吉なほどの大騒ぎであった。

女君（紫の上）も、生きている甲斐もないと諦《あきら》めていた命であるから「須磨」［九］、源氏の帰京を嬉しく思っている様子である。たいそう美しく成長し、大人びて、源氏の身を心配して物思いに耽っているうちに「明石」［一三］、豊かだった御髪《みぐし》が少し薄くなっている様子であるのも、却って、たいそう美しく見える。

源氏（内心）「これからは一緒に暮らして、このように、いつも見ていられるのだ」

と、思うと、心は落ち着いてくる。しかし一方で、あの名残惜《なごりお》しいままに別れて来た人（明石入道の娘）の悲嘆に暮れていた姿に思いを馳せると、気の毒で心配になる。

〈源氏は、依然として、常に、女性との関係において、心の落ち着く暇《いとま》のない有様なのである〉

源氏は、紫の上に、明石入道の娘のことなどを話してしまった。紫の上は、源氏が明石入道の娘を思い出しながら話す素振《そぶ》りに、浅くはない思いの深さを感じていた。

〈紫の上は、源氏の表情から、徒《ただ》ならぬ様子を感じたのだろう〉

紫の上「『身をば思はず』」

などと、古歌を、さりげなく呟《つぶや》いた。

（読者として……古歌「忘らるる身をば思はず誓ひてし人の命の惜しくもあるかな［右近《うこん》］」からの引歌《ひきうた》で、女を裏切った男への恨みの意味が込められています）

源氏は、紫の上を可愛《かわい》らしく、愛《いと》しく思っている。その上、見ているだけでも飽《あ》きることのない姿に、

源氏（内心）「これまで、どうして、離れ離れに長い年月を過ごしてしまったのか」

と、見苦しいほどに後悔している。

〈改めて、世の中をたいそう恨めしく思っているのだろう〉

間もなくして、源氏は、元《もと》の官位から、大納言の定員外である権大納言《ごんだいなごん》に昇進した。源氏に仕える人々も、然るべき者は皆、元の官位を還《かえ》されて、世間からの信任も得て、枯木《かれき》に春の巡って来たような心地となり、たいそうな喜びに包まれている。

（読者として……源氏をはじめとして、帰京と昇進を喜ぶ人々の様子が描かれています。しかし、一方で、悲嘆に暮れる紫の上の描写には、心の温度差を感じます。紫の上の心の内の苦しみを知る人は、誰もいません）

［二〇］

兄帝の御召《おめ》しにより、源氏は内裏に参上した。御前に伺候《しこう》する立派な姿に、女房達「源氏の君は、どのように、あのような寂《さび》れた海辺の住まいで、年月を過ごしておられたのでしょう」

と、見ながら話している。中には、父院の御代から仕えている、年老いて惚《ほう》けてしまった女房達もいて、悲しみを覚えて、今頃になって泣き騒ぎながら、源氏を誉め称えている。

上《うえ》（兄帝）も、源氏を京の都から退去させたままであったことを、極《き》まり悪く思っておられたので、装束など、特に身なりをきちんとして、お出ましになる。体調はいつになく悪く、この数日、たいそう弱っておられたが、昨日今日は、少し気分も良いように感じておられた。

（読者として……源氏が無事に帰京し、兄帝は、安堵《あんど》されているように思われます）

しみじみと話をされているうちに、夜になった。十五夜の月（八月十五日）が美しく、静かな風情で輝いている。兄帝は、昔のことを思い出しながら、ぽつりぽつりと話をされて、涙で袖を濡らしていた。

〈何とも心細い気持ちでおられるのだろう〉

兄帝「管弦《かんげん》の遊びなどもしなくなりました。昔、よく聞いていた貴方の奏《かな》でる楽《がく》の音《ね》なども、聞かないまま、随分と長い年月が経ってしまいました」

と、話をされると、
源氏　**わたつ海にしなえうらぶれ蛭《ひる》の子の脚《あし》立たざりし年はへにけり**
（大海原《おおうなばら》に身をまかせて、悲しみに沈みながら、蛭の子のように足も立たないほど、辛い年月を過ごしておりました）

と、歌を詠んだ。兄帝は、たいそう心を痛めて、申し訳なく思っておられる。

兄帝　**宮柱《みやばしら》めぐりあひける時しあれば別れし春のうらみのこすな**
（今日、宮中で、このように巡り合えたのですから、貴方が京の都を退去した時の、あの別れの春の恨みは忘れて下さい）

兄帝が歌を詠まれるお姿は、たいそう優美である。

（読者として……源氏は、兄帝が負い目を感じているのを知りながら、須磨、明石では、辛い年月を過ごしていたと、情け容赦《ようしゃ》もない言葉で報告しています。兄帝の弱味につけこむ傲慢《ごうまん》さを

感じます）

源氏は、故父院のために法華八講《ほっけはっこう》を催《もよお》すのがよいと考えて、何よりも先に準備を急がせる。

〈読者として……源氏自身にとっても、政界への復権と、主導権を握ったことを世の中に示す機会になります〉

春宮《とうぐう》（藤壺と源氏の秘事の罪の息子）に対面すると、すっかり成長されていた。源氏を懐かしく思い、お喜びになっている。源氏は、果てしないほどの愛しい思いを抱きながら見つめる。春宮は、この上なく学才に優れ、治世についても、何の差《さ》し支《つか》えもないほどに賢くご成長されているように思われた。

源氏は、入道の宮（藤壺）にも、少し心を静めてから対面した。

〈しみじみと感極《かんきわ》まることが、多々あったことであろう〉

［二二］

〈まことや（そう言えば）〉

　あの明石入道の娘には、明石から京の都まで仕えてきた供人達が帰る際、手紙を託《ことづ》けた。源氏は、紫の上の目に触れぬように、袖で紙を隠しながら、細々《こまごま》と心を込めて書いたようである。

源氏（手紙）「波の打ち寄《よ》せる夜《よる》、どのように過ごしておられますか。

嘆きつつあかしのうらに朝霧《あ》のたつやと人を思ひやるかな

（貴女が、嘆きながら夜を明かしている明石《あかし》の浦《うら》は、嘆きが朝霧となって、立ち込めているのだろうと思いを馳せています）」

　あの帥《そち》（太宰大弐《だざいのだいに》）の娘の五節《ごせち》「須磨」［一六］は、源氏の帰京を知ると、ただもう、密《ひそ》かに抱いていた物思いの晴れる心地であった。女房に命じて、紫の上に知られないように、手紙を置きに行かせた。

五節　**須磨《すま》の浦に心をよせし舟人《ふなびと》のやがて朽《く》たせる袖《そで》を見せばや**

（須磨の浦で、貴方に心を寄せた船人の私は、あれからもずっと、貴方を思い続けていました。

涙で朽ちた着物の袖を、お見せしたいものです）

源氏（内心）「手（筆跡）などは、格段に上達したものよ」と、誰からの手紙であるかを見定めると、返事を送った。

源氏　**かへりてはかごとやせまし寄せたりしなごりに袖のひがたかりしを**

（京の都に帰《かえ》って来て、却《かえ》って、私の方こそ貴女に恨み言を言いたいところですよ。須磨の浦で、貴女から寄せられた手紙の名残《なごり》に涙を流し、濡れた袖が、なかなか乾《かわ》かなかったのですから）

源氏は五節を忘れることなく、可愛らしい人であったと名残惜《お》しく思っていたので、思い掛けず手紙が届き、あれこれと昔を懐かしく思い出してはいるが、近頃では、かつてのような軽々しい振舞《ふるまい》は、まったく慎《つつし》んでいるようである。

花散里などにも、ほんの手紙などばかりで、帰京の挨拶を済《す》ましている。花散里は、もどかしい思いで、却って、恨めしい様子である。

十四　澪標《みおつくし》

［一］

源氏は、須磨《すま》の浦で嵐に見舞われた際、はっきりと夢に見て以来、故父院のことが気になっていた。

源氏（内心）「どうにかして、成仏《じょうぶつ》できずに苦しんでおられる故父院の罪（しぜんの流れで犯した罪「明石」［三］）を、救って差し上げたい」

と、嘆きながらも考えていたのである。それ故《ゆえ》に、京の都に帰ると直ぐ、その準備に取り掛かったのである。

神無月《かんなづき》（旧暦十月）に、御八講《みはっこう》を催す。

〈世の人々が源氏に心を寄せて、お仕えしている様子は、昔と同じ光景である〉

（読者として……「故父院の罪」とは何か。物語展開の中で、読み取る想像力が求められます。五十四帖にも亘《わた》る長大な物語の出発点、「思惑の渦《うず》の源《みなもと》」と言えます。読者が物語の中で抱《いだ》いた疑問は、時を経て、確実に答えの分かる感覚を得ることができ、裏切られることのない物語です［参考『紫式部の眼《まなこ》』第一章二、第三章(2)］）

弘徽殿大后《こきでんのおおきさき》は、病状が重い中でも、

弘徽殿大后（内心）「とうとう、この人（源氏の君）を、圧《あっ》することはできなかった」

と、恨めしく思っていた。

一方、兄帝（弘徽殿大后の皇子、源氏の異母兄）は、これまで、故父院の御遺言「賢木」［八］を忘れることはなく、「何か報《むく》いを受けるに違いない」と恐れていたので、源氏の帰京を許し、復権させたことで安堵《あんど》し、爽《さわ》やかな気持ちになっておられた。時々、症状がひどくなり、悩んでいた目の病も、今ではすっかり良くなった。しかし、

兄帝（内心）「おおよそ、この世に長くは生きられないだろう」

と、心細く思うばかりで、御位《みくらい》にも久しく留《とど》まることはできないと考えておられる。始終、お召しがあるので、源氏は、兄帝のお傍に参上している。

兄帝は、源氏に、世の政《まつりごと》なども、心に隔てなく相談されている。望み通りの体制となり、世間の人々は、「ただもう、嬉しいこと」と喜び合っていた。

［二］

兄帝は、退位を決断する時が近づくにつれて、尚侍《ないしのかみ》（朧月夜《おぼろづきよ》）の心細げに人生を悲嘆している様子を、たいそう可哀想に思われていた。

兄帝「右大臣は亡くなられ、大宮（弘徽殿大后）も、頼りないほどに病状が重くなるばかりです。私の人生も、残り僅《わず》かに思われて、貴女《あなた》（朧月夜）には本当に気の毒なことですが、これまでとは、まったく違う身の上となって、一人残されることになるでしょう。

昔から、貴女は、私を源氏の君よりも軽んじておられましたが、私の思いは、誰にも劣ることはなく、ただもう、貴女のことだけを愛《いと》しく思っておりました。私よりも優《すぐ》れている源氏の君が、再び、望み通りに、貴女の世話をすることになったとしても、私の貴女への並々ならぬ思いは、決して比べものにはならないと、思うだけでも辛《つら》いのですよ」

と、言いながら、つい泣いてしまわれる。

女君（朧月夜）は、顔をたいそう赤く染めて、溢《あふ》れるばかりの可愛《かわい》らしさで、涙までも溢れている。兄帝は、朧月夜の全ての罪（源氏との密会のこと）を忘れて、しみじみと、愛《いと》しく思いながらご覧になっている。

兄帝「どうして、せめて私の御子だけでも、お産みにならなかったのでしょう。悔しくてなりません。貴女が、縁《えにし》の深い人（源氏の君）のためならば、そのうちに子供を授《さず》かるのではないかと、思うだけでも悔しくなりますよ。しかし、限《かぎ》り（朝廷の掟《おきて》）はあるのですから、ただ人《びと》（臣下）の身分として、育てることになるのですよ」

などと、行《ゆ》く末《すえ》（将来）のことまで話をされるので、朧月夜は、たいそう恥ずかしくなりながら、悲しみも覚えている。

朧月夜（内心）「帝（兄帝）は、容姿などに気品のある優美な方で、私に対しても、年月が経つほどに、愛情を表して下さっている。一方で源氏の君は、素晴らしい方ではあるけれども、私に対して、それほどの思いは、持っておられなかったのではないだろうか。態度や心遣いなどから感じられる。物事の道理が分かるにつれて、私は、どうして若気《わかげ》の至《いた》りに任《まか》せて、あのような密会の騒ぎまで引き起こしてしまったのか。浮名《うきな》を流したこと（悪い評判が世間に広まったこと）は、言うまでもなく、源氏の君にまで罪となってしまい」

などと、思い出すほどに、たいそう憂鬱《ゆううつ》になる身の上である。

（読者として……源氏は、右大臣一族の権勢の高まりにより、表向きは、朧月夜との密会を罪として見せかけながら、藤壺との秘事の罪の露見を恐れ、自ら京の都を退去しました。朧月夜は、源氏の内情を知るはずもなく、源氏の君に対して、申し訳なく思い、独りで責任を感じて悩んでいます。退去の行き先は、源氏が自ら須磨に決めていました。ずっと以前、噂で耳にして、明石入道の娘への好奇心を抱いていたことを、読者として、忘れることはできません）

［三］

明くる年の二月《きさらぎ》、春宮《とうぐう》（藤壺と源氏の秘事の罪の息子）の元服《げんぷく》の儀式が行われた。十一歳になられたが、年齢の割に大きく、大人びて、気品のある美しさである。ただもう、源氏大納言《げんじのだいなごん》の顔を重ねて、写し取ったかのように見える。お二人は、本当に眩《まぶ》しいほど、互いに光り輝き合っているので、世の人々は喜ばしく思っている。しかし、母宮（藤壺）は辛くてたまらず、ただもう心配で、苦しい思いをしている。

内裏《うち》（兄帝）におかれても、「春宮は立派に成長された」と判断して、譲位を決意され、春宮に丁寧に説明される。

（読者として……藤壺と源氏の秘事の罪の息子である春宮が、新帝［冷泉帝］に即位することとなります）

同じ月（二月）の二十日過ぎ、御国譲《くにゆず》りのこと（譲位の決定）が、急になされたので、弘徽殿大后は、狼狽《うろた》えていた。帝（兄帝）は、院（兄院）となられる。

兄院「生きる甲斐《かい》の無い身にはなりますが、これからは、心穏やかに、お目に掛かることもできると思っております」

と、言いながら、母弘徽殿大后を慰めている。

坊《ぼう》（春宮、皇太子）には、承香殿女御《しょうきょうでんのにょうご》の皇子《みこ》が立たれた。御世が改まり、世の中は打って変わって、たいそう華《はな》やいでいる。源氏（大納言）は、内大臣に昇進した。左大臣と右大臣は、それぞれ一人との定めにより、融通《ゆうずう》が利《き》かず、内大臣として加わったのであった。

源氏は、新帝の後見役であり、内大臣として、そのまま世の政《まつりごと》を司《つかさど》るべきであったが、

源氏「そのような重職（摂政《せっしょう》）には、耐えられませんので」

と、言って、致仕大臣《ちじのおとど》（辞任した元左大臣、源氏の故正妻葵の上の父）に、摂政《せっしょう》をされるようにとお譲《ゆず》りする。

致仕大臣（元左大臣）「病により、位（官職）を辞退いたしました「賢木」［三一］。ますます老いるばかりで、賢明な判断もできません」

と、承諾《しょうだく》されない。

〈他《ひと》の国（異国）でも、時勢の変化により世の中が不安定となれば山奥に身を隠し、平穏な時代になれば、白髪《しろかみ》を恥《は》じることなく山を降り、朝廷に仕えた人の例《ためし》がある。それこそ真《まこと》の聖《ひじり》（聖賢《せいけん》）と呼ばれたものである。元左大臣は、病により官職を辞していたのであるから、御世が変わり、また改めて就任されたとしても、まったく非難される理由はないだろう。公 私《おおやけわたくし》（朝廷と世間）も、そのように受け止めている。致仕（辞職）をした人が摂政になった前例もあるとのことで、元左大臣は、固辞《こじ》を押し通すこともできず、太政大臣《だいじょうだいじん》に就任した。御年、六十三歳であった〉

（読者として……太政大臣は、律令制における太政官の長官で、大臣の最高位です。特に職掌《しょくしょう》はなく、左右の大臣が、実際の政務に当たります）

太政大臣（元左大臣）は、これまで、時勢の変化により世の中をつまらなく思い、それを原因の一つとして籠《こも》っていたのであるが、改めて華やかな身の上となり、不遇《ふぐう》であった子供達なども、皆、出世することとなった。

中でも、宰相中将《さいしょうのちゅうじょう》（元左大臣の長男）は、権中納言《ごんちゅうなごん》となった。あの正妻四の君（故右大臣の娘）との間に授《さず》かった姫君が十二歳になり、内裏《うち》（帝、藤壺と源氏の秘事の罪の息子）に入内《じゅだい》させることを願いながら、大切に育てている。

（読者として……姫君は、後に入内して、弘徽殿女御《こきでんのにょうご》と呼ばれます）

かつて、「高砂《たかさご》」を謡《うた》っていた息子「賢木」〔三二〕も元服させて、思いのままに育っている。何人もの妻との間に多くの子供が次々と生まれ、賑《にぎ》やかに育っている様子である。源氏は羨《うらや》ましく思っている。


大殿腹《おおとのばら》（源氏の故正妻葵の上との息子）の若君（夕霧、八歳）は、誰よりも格別に美しく成長し、内裏《うち》（宮中）や春宮の童殿上《わらわてんじょう》として仕《つか》えている。故姫君（葵の上）の亡くなった悲しみを、母大宮と父太政大臣（元左大臣）は、ますます改めて感じ、思い嘆いている。しかし、亡き姫君の名残《なごり》（忘れ形見《がたみ》、孫）の夕霧は、ただもう、この源氏の大臣《おとど》の御光《おんひかり》（威光《いこう》）によって、何事につけても守られている。この何年もの間、左大臣家一族は、失意《しつい》の底《そこ》に沈んでいたものの、今では、その名残もないほどに栄《さか》えている。

（読者として……源氏の息子である若君〔夕霧〕は、祖父母〔故母葵の上の両親である母大宮と父太政大臣〕に、大切に育てられています）

源氏の心遣いは、今でも、昔と変わることはなく、時節に合わせて、太政大臣の邸を訪れている。若君（夕霧）の乳母達やその他の人々など、長年、暇も取らず、散り散りにならずに仕えていた者達には、時機を見て、然《しか》るべき労《ねぎら》いをしたいと考えていた。そのお陰により、幸《さいわ》い人《びと》（幸運に恵まれた人）となる者も多くいたようである。

源氏は、自邸二条院でも、同じように帰京を待ち望んでいた人々を労《いたわ》しく思い、「長年の辛い思いを晴らしてやりたい」と考えて、中将や中務《なかつかさ》のような親密な仲であった女房達には、それなりに情《なさ》けをかけているが、忙しくて暇もなく、外の忍び歩きは控えている。

二条院の東にある宮《みや》（御殿）は、故父院の遺産として、源氏に配分されたものである。源氏は、またとないほど素晴らしく改築することにした。

源氏（内心）「花散里《はなちるさと》など、気の毒な思いをさせている方々を住まわせよう」

などと、思い描いて、修繕させている。

［四］

〈まことや（そう言えば）〉

源氏（内心）「あの明石の浦で、辛《つら》そうにしていた明石入道《あかしのにゅうどう》の娘は、その後、どうしているだろうか」

と、忘れる時はないのであるが、公私の忙しさに紛《まぎ》れて、思いのままに見舞うこともできずにいた。三月朔日《ついたち》（上旬）の頃、

源氏（内心）「そろそろ、出産ではないだろうか」

と、思いを馳《は》せると、人知れず切《せつ》ない気持ちになり、使いの者を送った。すると、早々に戻って来て、

使いの者「十六日とのことです。女の御子《みこ》で、安産でいらっしゃいます」

と、報告してきた。我が子誕生は久々のことである。その上、珍しくも女児であることを思うと、疎《おろそ》かにはできない。

源氏（内心）「どうして、京の都に迎えて、出産させなかったか」

と、悔《くや》しく思っている。

宿曜《すくよう》（占《うらな》い）で、

占い者「御子は三人で、帝《みかど》、后《きさき》が、必ずそろってお生まれになるでしょう。その中で、身分の劣る方は、太政大臣に就《つ》き、人臣《じんしん》の位を極《きわ》めるに違いありません」

と、判断し、源氏に伝えられていた。

〈今後、物語では、その通りになって行くようである〉

〈読者として……この宿曜の場面は、具体的には描かれていません。以前あった話として、読者には、既に知らされているかのような語り口調で描写されています。

源氏の内心を想像すると、藤壺との秘事の罪の息子である春宮が、無事に新帝に即位したことに鑑《かんが》みて、明石入道の娘との間に生まれた女児を、皇后の位に就かせる野望が芽生えていると思われます。故葵の上との息子夕霧については、物語上、太政大臣に昇進するまでは描かれていませんが、確実に出世して行きます。

宿曜は、星の運行により人間の運命を占う術です。これまでにも、「桐壺」［一二］、「若紫」［一四］で、占いによって、源氏の将来を予言する場面が描かれていました。予言は、未来の物事を推測する言葉ですが、物語を俯瞰《ふかん》すると、予言を実現させることを目的《もくてき》として生きる姿も見えてきます。利己的な態度で実現を目指す傲慢《ごうまん》さと、その一方で、周囲の人々の心は傷つき、涙する様子まで描かれていることにも気付きます。「人間は、どのように生きるべきであるのか」。紫式部の問題提起を感じ、生きる意味を考えさせられます）

相人《そうにん》「恐《おそ》らく、源氏の君は、最高の位に昇りつめ、世《よ》の 政《まつりごと》を執《と》り行うことになるでしょう」

と、あれほど賢人と呼ばれた多くの相人（人相見《にんそうみ》）達は、そろって予言していたのである。しかし、この数年は、権勢を握る右大臣方を憚《はばか》り、誰もが、強《し》いて思わないようにしていた。源氏も、それを思えば、当帝《とうだい》（藤壺との秘事の罪の息子）が、このように即位されたのであるから、

源氏（内心）「願いが叶《かな》い、嬉しいことだ」

と、思っている。我が身についても、

源氏（内心）「帝の傍から離れて後見しないという選択は、決してあり得ないこと」

と、思っている。

源氏（内心）「故父院は、多くの皇子達の中で、私のことを、とりわけ可愛がって下さっていたけれども、ただ人（臣下）にすることを決めたお考えを思うと、宿世《すくせ》（前世からの因縁、宿命）とは、人知《じんち》の及ばぬものだ。内裏《うち》（当帝）が、このように即位されても、真相《しんそう》（藤壺と源氏の

秘事の罪の息子であること）を明らかに知る者はいない。しかし、相人の言葉は、空言《そらごと》（嘘）ではなかったのだ」

と、心の中で思っていた。

源氏（内心）「今となって、これから先の望みを思えば、すべては、住吉《すみよし》の神のしるべ（お導《みちび》き）だったのだ。実に、あの明石入道の娘も、この世において滅多《めった》にない宿世の人だ。ひねくれ者の親（明石入道）も、身分不相応《みぶんふそうおう》な野望《やぼう》を持った人だったではないか。それを思うと、かしこき筋（皇后の位）に就くべき人（明石入道の娘との子供、女児）が、あやしき世界《せかい》（辺鄙《へんぴ》な田舎《いなか》）で生まれたことは、気の毒で畏《おそ》れ多《おお》いことだ。落ち着いたら、時機《じき》を窺《うかが》い、京の都に迎えるとしよう」

と、思い、二条院東の院の改築を、急ぐように命じている。

（読者として……二条院東の院の改築は、当初、花散里《はなちるさと》などの女方を住まわせるための改築とされていました「澪標」［三］。明石入道の娘と女児を迎える為の改築となり、目的が変わっています。明石入道の野望［娘を身分の高い人と結婚させること］と源氏の野望［女児を后《きさき》にすること］が暗黙のうちに結託し、それが軸となって、今後の物語は展開して行きます［参考『紫式部の眼《まなこ》』第四章⑪］）

［五］

源氏（内心）「あのような田舎（明石の地）では、乳母《めのと》として頼りになる人は滅多にいないだろう」

と、思っていたところ、

供人「故院（父院）に仕《つか》えていた宣旨女房《せんじのにょうぼう》（勅旨《ちょくし》を蔵人《くろうど》に伝える上臈《じょうろう》女房）の娘で、父親は宮内卿宰相《くないきょうのさいしょう》の身分で亡くなっている人が、母までも亡くなってしまい、寂しい有様で暮らしながら、頼れる人もいない中で、子供を産んだそうだ」

と、噂をしていた。それを耳にした源氏は、その娘を知る伝《つて》があって、何かの折には、事実をそのまま伝えることのできる者を呼び出すと、乳母として明石の地に下向《げこう》して貰いたい旨《むね》を伝えさせて、約束させた。

その娘は、まだ年若《としわか》で邪心《じゃしん》は無く、明《あ》け暮《く》れ（毎日）、人に知られることなく、粗末な家で物思いに耽《ふけ》りながら心細く生活していた。物事を深く考えることもなく、「源氏の君の御依頼であるのだから」と一途《いちず》に喜ばしく思い、「明石の地に参る所存です」と伝えてきた。

源氏は、一方では、「可哀想に」と思いながらも、出立させる。

娘が、明石へ向けて、出立する前のこと。源氏は、何かの用事の折に、たいそう忍びの恰好《かっこう》で、人目を避けながら娘の家を訪ねた。娘は、明石への下向を承諾しながらも、宣旨女房の娘（内心）「どうしたら良いのだろう」と、思い乱れているところであった。源氏の訪問は、まったく畏れ多く、有難いことで、すべての心配事が慰《なぐさ》められる思いだった。

宣旨女房の娘「私は、源氏の君の仰《おお》せのままに従います」と、申し上げる。旅立ちにも良い日で、源氏は出立を急《せ》かしながら、源氏「不可思議で、分別のないことに思うだろうが、特別な思い（明石女児を后《きさき》にする野望）があってのことなのだ。私も、見知らぬ土地での暮らし（須磨と明石）には、気の塞《ふさ》ぐ思いをした。それを思って、暫《しばら》くは、我慢してくれ」などと、明石での出来事（明石女児の誕生など）を、詳《くわ》しく説明している。

故父帝の生前、宣旨女房の娘は、時々、宮仕えをしていたので、源氏も見かける折はあったのであるが、今では、すっかり窶《やつ》れてしまっていた。家の様子も言《い》い様《よう》がないほどに荒れ果てて、大きな敷地であるから、やはり、木立《こだち》なども気味の悪い有様である。

源氏（内心）「宣旨女房の娘は、このような場所で、どのように暮らしていたのだろうか」と、思いながら見ている。若々しくて可愛らしい人なので、源氏は、見放《みはな》つことができず、あれこれと冗談などを言っている。

源氏「貴女を、明石へ行かせずに、取り返したい気持ちになってきましたよ。どうしたらよいものか」

と、言うと、

宣旨女房の娘（内心）「いかにも、同じことなら、源氏の君のお傍近くに仕えて、馴れ親しむことができるならば、辛いことの多い我が身も、慰められるだろうに」

と、思いながら、拝見している。

源氏「**かねてより隔てぬなかとならはねど別れは惜《を》しきものにぞありける**

（以前から、隔ての無い仲［親しい間柄］であった訳ではないが、別れというものは、名残惜《なごりお》しいものであることよ）

貴女の後《あと》を追って行こうか」

と、言うと、宣旨女房の娘は、少し笑みを浮かべて、

宣旨女房の娘　**うちつけの別れを惜しむかごとにて思はむ方《かた》に慕ひやはせぬ**

（突然の私との別れが名残惜しいと言われますが、それは口実《こうじつ》で、愛《いと》しい方を恋い慕《した》っておられるのではないですか）

物馴《ものな》れた様子で、返歌をしてくるので、

源氏（内心）「優《すぐ》れた物言《ものい》いをすることよ」

と、感心している。

［六］

宣旨女房の娘は、牛車《ぎっしゃ》に乗って、京の都を出立した。源氏は、親しく仕えている者を供人として付き添わせ、決して、明石女児《あかしのおんなちご》のことを他言《たごん》しないように口止めしてから遣わした。御《み》佩刀《はかし》や、立派な品々が、所狭《ところせま》しとばかりに用意され、源氏の気配りに至らぬところはない様子である。乳母《めのと》となる宣旨女房の娘にも、例のないほど細やかな心遣いをしている。その思いは浅くはない。

明石入道が、孫の明石女児を大切にして、可愛がっているであろう姿を想像すると、つい、笑みを浮かべてしまうことも多いが、やはり、しみじみと気掛かりであるのは、ただ明石女児を后《きさき》にする野望ばかりである。

〈源氏と明石入道の娘の宿縁が、浅いものではなかったということなのだろう〉

源氏は、明石入道の娘への手紙にも、

源氏（手紙）「娘（女児）を、等閑《なおざり》に扱わぬように」

と、繰り返し繰り返し、用心させている。

源氏　**いつしかも袖《そで》うちかけむをとめ子が世をへてなづる岩のおひさき**

（早く、私の袖を掛けてやりたい思いです。少女子《おとめご》［舞姫］が、長い年月、撫《な》で続ける岩のように、女児の行く末を祈りながら）

宣旨女房の娘一行は、津の国（摂津《せっつ》）までは、舟で淀川《よどがわ》を下《くだ》り、そこから先は、馬を使って、急いで明石に向かい、到着した。

明石入道は、待ち構えていた。乳母（宣旨女房の娘）を迎える喜びに、源氏の君への感謝の気持ちは果てしない。京の都の方角を向いて、拝《おが》んでいる。源氏の君からの有難いまでの配慮を思うと、ますます、大事な孫（女児）の恐ろしいほどの宿命（后になる宿願の実現）まで、想像しているのだった。

〈児《ちご》［女児］は、たいそう不吉に思われるほど可愛らしく、類《たぐい》ない様子である〉

宣旨女房の娘（内心）「なるほど。源氏の君が、賢明なご判断により、娘（女児）を大切に養育したいと思われるのも、ごもっともなことでしょう」
と、思いながら拝見している。京の都を出立《しゅったつ》してからの道中は不安であったが、明石の地に着くと、悪い夢のように嘆いていた物思いは、晴れてしまった。明石女児を、たいそう可愛らしく愛《いと》しく思いながら、お世話している。

子持ちの君（明石入道の娘）も、この何か月もの間、物思いに沈むばかりで、たいそう気弱になり、生きる気力も失っていたところであった。そこへ、源氏の心遣いにより、乳母がやって来たのであるから、少しは、物思いも慰められたようである。頭を持ち上げて、使いの者にも、この上ないほど、贈り物の限りを尽くしている。
使いの者「急いで、京の都へ戻ります」
と、帰りを急いでいるので、持《も》て成《な》しに困っている。子持ちの君は、思っていることなど、少し話をして、
明石入道の娘　**ひとりしてなづるは袖《そで》のほどなきに覆《おほ》ふばかりのかげをしぞまつ**
（私一人で、娘を撫《な》でながら可愛がり育てるには、袖が狭《せま》すぎます。貴方［源氏の君］の覆《おお》うばかりの広い袖の陰《かげ》［庇護《ひご》］をお待ちしております）
と、歌にして使いの者に伝えた。

帰京した使いの者から、明石入道の娘の言葉を伝え聞いた源氏は、心配でたまらず、会いたい気持ちが募《つの》るばかりであった。

［七］

源氏は、明石入道の娘との間に女児《おんなちご》（おんなご、じょじ）を儲《もう》けたことを、女君（紫の上）には、口に出しては、ほとんど説明していなかった。

源氏（内心）「今後、噂で耳にすることがあるかもしれない」と、思うと、不安になって報告する。

源氏「このようなことになった（女児誕生）ようなのです。妙なところに、筋道の違う話となりまして。『子を産んでほしい』と思う人（紫の上）には授《さず》からず、思い掛けないところに生まれて、残念でなりません。女児とのことですから、まったく不愉快です。放《ほう》って置いても良いのですが、そうは言っても、やはり、見捨てる訳にもいかないのです。京の都に呼び寄せて、貴女にも、会わせましょう。憎まないでやって下さいね」

と、言う。紫の上は、怒りで顔を赤らめて、

紫の上「酷《ひど》いですね。いつも、このように、女方とのことになると、上手く誤魔化《ごまか》そうとする貴方《あなた》の性格が、我ながら嫌でなりません。物事を憎むなんてことを、私は、何時《いつ》、誰から教え

られたのでしょうか」
と、恨みがましく言う。すると源氏は、満面に笑みを浮かべて、
源氏「それですよ。その嫉妬心は、誰が教えたのでしょうか。私の望みもしない顔をされますね。私が思いもしていないことまで勝手に想像して、私を憎むのですから。考えるだけで悲しくなりますよ」
と、言って、挙句《あげく》の果《は》てには、涙ぐんでしまう。

紫の上は、源氏が京の都を退去し、須磨や明石で謹慎《きんしん》していた年月、いつも恋しく思い、心配でならなかった。心の内を、その時々、手紙に書いて、やり取りしたことを思い出す。

紫の上（内心）「すべては、遊《すさ》び（気慰《きなぐさ》み）だったのだ」

と、源氏への思いは、消え去ってしまった。

（読者として……源氏が京の都を退去していた際、紫の上は、源氏の身を心配し、切《せつ》ない思いをしながらも、必死に留守を預かり、生活の品々を送り届けていました。明石の地で女児を儲《もう》けていたことは衝撃《しょうげき》で、愕然《がくぜん》としています。紫の上の悲しみの込み上げる思いが伝わります。源氏からの手紙の文面を思い出し、誠実なものではなかったことが、今になって分かる心境だと思います）

源氏「この人（明石入道の娘）に、これほど思いを馳せて便りをするのは、何と言っても、望《のぞ》みを懸《か》けていることがあるからなのですよ。あまり早いうちからお話すると、また、貴女（紫の上）が、僻心《ひがごころ》（ひねくれた心）になってしまうでしょうから」

と、言いながら、その話は、途中で止めた。

源氏「明石入道の娘は、人柄の良い人でした。場所柄によるものだったかもしれませんが、滅多にないほど美しい人だったのですよ」

などと、語って聞かせている。あはれなりし（風情のある）美しい夕暮れ時に、海辺で藻塩焼《もしおや》く煙の立ち昇っていた光景や、明石入道の娘の詠んだ歌。はっきりではないが、その夜に垣間《かいま》見た容姿や、琴《こと》の音《ね》の優美さなど、心に残る思い出を、すべて話してしまう。

紫の上（内心）「源氏の君が京の都を退去していた時、私は、またとないほどの悲しみを抱き、心配のあまり思い嘆いていた。それなのに、源氏の君は、遊《すさ》びであったとしても、私を裏切っていたのだ」

と、もはや、心穏やかではいられない。次から次へと思い巡らし、「我は我」の思いになる。顔を背《そむ》け、

紫の上「あはれなりし（悲しみばかりの）夫婦であったことよ」

と、独り言のような溜息《ためいき》を吐《つ》いて、歌を詠む。

紫の上　**思ふどちなびく方《かた》にはあらずともわれぞ煙《けぶり》にさきだちなまし**

（源氏の君と明石入道の娘のお二人が相思相愛《そうしそうあい》で、藻塩焼く煙のように、同じ方角になびくならば、私は一人、違う方角であっても、先に旅立って［死んで］しまいましょうか）

源氏「何を言うのですか。情けないことを。

誰《たれ》により世をうみやまに行きめぐり絶えぬ涙にうきしづむ身ぞ

（誰のために、この世を憂《うれ》い、海や山を越えて流離《さすら》い、絶えることのない涙を流しながら、浮き沈む身の上だったのでしょうか。それは、貴女［紫の上］のためだったのですよ）

どうにかして、私の本心をお見せしたいものです。命ばかりは、思い通りにはならないもののようですが。ちょっとしたことでも、他人から心に隔《へだ》てを置かれないようにしたいと思うのも、ただ、貴女一人を大切に思うからなのですよ」

と、言うと、箏《そう》の琴《こと》を引き寄せて、調子を合わせて軽く弾く。紫の上にも勧《すす》めるが、あの明石入道の娘の琴の腕前に、妬《ねた》ましい思いを抱いているのか、手に触れようともしない。

紫の上は、たいそう大《おお》らかな人柄で、美しく、淑《しと》やかに振る舞う人であったが、さすがに源氏の話を聞いてからは、頑《かたくな》な態度になり、恨みがましいことを言う。しかし、源氏には、却《かえ》って魅力が増して見える。紫の上が、腹を立てている様子を、源氏（内心）「見ているだけで、可愛らしい人だ」と、思っているのだった。

（読者として……この場に及《およ》んでもなお、源氏は、紫の上の心情に寄り添うことも、理解することもできず、自分を正当化するばかりです。紫の上の外見だけを見て、可愛らしい人だと思っている傲慢《ごうまん》な態度には、うんざりします。「女性は、いかにして自我《じが》に目覚め、自尊心《じそんしん》を失わずに生きることができるのか」。筆者紫式部が、今後の物語展開を通して、命懸けで目指す意気込みを感じます。その行き着く果ては、物語の最大の山場である、紫の上と源氏の死の場面描写です。それぞれの生き様の違いが、死に様に投影されることになります〔参考『紫式部の眼』第二章⑤、第三章⑾、第四章⑮〕）

［八］

源氏（内心）「五月五日は、五十日《いか》にあたるはずだ」

と、明石女児の生後五十日の祝いの日を、人知れず数えていた。会いたくてたまらない思いを募《つの》らせている。

源氏（内心）「京の都で生まれていたならば、万事、いかにでも、五十日《いか》の祝いを、やり甲斐《がい》のある盛大なものにして、嬉しい思いをすることができただろう。残念でならない。あのような田舎（明石）で、こともあろうに、気の毒な有様で生まれたものよ」

と、思っている。男君（男児）であったならば、これほどまでに、思い入れはなかったのだろうが、未来の后《きさき》であると思うと、畏《おそ》れ多《おお》くも愛しさが募り、

源氏（内心）「我が宿命（京の都からの退去）は、この女児を授《さず》かるためであったのか。そのために不安定な身の上だったのだ」

と、思っている。明石の地へ使いの者を送る。

源氏「必ず、五月五日に、間違いなく到着するように」

と、命じていたので、その日に、到着した。祝いの品は、源氏の心配りの行き届いた、有難いまでに立派なものばかりで、暮らしに役立つ見舞いの品々もあった。

源氏（手紙）**「海松《うみまつ》や時ぞともなきかげにゐて何のあやめもいかにわくらむ**

（海松《うみまつ》［海松《みる》、波の下の岩陰《いわかげ》の海藻《かいそう》に女児を譬《たと》える］は、いつもと変わらず、陰《かげ》［光や風の当たらない所］で暮らし、いかに、五十日《いか》である菖蒲《あやめ》の節句［五月五日端午《たんご》の節句、邪気《じゃき》を払うために菖蒲を髪や軒《のき》に挿《さ》す習《なら》わし］の日を、祝っているでしょう。文目《あやめ》［物事の筋道］として）私の心は、上《うわ》の空《そら》となり、明石までさ迷って行ってしまいそうです。やはり、このまま過ごすことはできませんから、上京を決心して下さい。今まではそうであっても、これからは、不安な思いはさせませんから。決して」

と、書かれてあった。

明石入道は、例によって涙もろい性格で、嬉し泣きをしている。

〈この場面は、悲しみから貝《かい》のように口をへの字にしているのではなく「明石」［一八］、喜びから生きる甲斐《かい》を感じて、べそをかいているのである。願いが叶《かな》ったのだから、当然のことであると言えるだろう〉

明石の地でも、万事、所狭《ところせま》しとばかりに、祝いの準備をしていたが、もし、この源氏の君の使いの者がやって来なかったならば、闇《やみ》の夜（闇夜《やみよ》の錦《にしき》、見栄《みば》えせず張り合いのない譬《たと》え）のような有様で、その日も暮れてしまったことだろう。

乳母《めのと》（宣旨女房の娘）も、この女君（明石入道の娘）が、風情のある優しい方なので安心し、語《かた》らい人《びと》（話し相手、親しい友人）となって、田舎《いなか》暮《ぐ》らしの慰《なぐさ》めにしていた。

明石入道も、乳母に、さほど身分の劣らぬ人を縁故《えんこ》に求め、探し出して、京の都から呼び寄せていた。しかし、すっかり零落《れいらく》した宮仕人《みやづかえびと》などであったために、巌《いわお》の中まで尋《たず》ねた際には、身を潜《ひそ》めた暮《く》らし振《ぶ》り（隠棲《いんせい》や出家《しゅっけ》）で、中には、死に後《おく》れたような、零落《おちぶ》れた者などもいたようである。この乳母（宣旨女房の娘）は、かなり子供っぽい人で、おっとりとしながらも、源氏の君に役目を命じられて、誇《ほこ》りを抱いている。

乳母は、明石の人々にとって聞《き》き所《どころ》（聞く価値）のある、京の都の物語（世間話）などをして、大臣《おとど》の君（源氏）が、どれほど世間から人望《じんぼう》を得て、評判の高い人であるかなど、女心地《おんなここち》にまかせて、何から何まで語り尽くしている。

明石入道の娘（内心）「なるほど。私は、そのような源氏の君が、これほど大切に思い出すほどの名残《なごり》（女児）を授《さず》かった身なのだ。たいそう格別な宿命ではないか」

と、次第に、思うようになっていた。


　源氏からの手紙を、乳母と一緒に見ている。

乳母（内心）「ああ、なんと、この世には、これほど思い掛けない幸運の宿世《すくせ》があったとは。憂《う》き世《よ》（辛く苦しみの多い世の中）を生きているのは、我が身ではないか」

と、思い続けてしまうが、
源氏（手紙）「乳母は、どうしているか」

などと、細やかな気遣いのある見舞いの言葉を見ると、有難い気持ちにもなって、万事、慰められていた。

　明石入道の娘から、源氏への返事には、
明石入道の娘（手紙）「**数《かず》ならぬみ島がくれに鳴く鶴《たづ》を今日《けふ》もいかにととふ人ぞなき**
（人数《ひとかず》にも入らぬ私を頼りにして、島陰《しまかげ》に隠れて鳴く鶴《つる》のような娘［女児］を、今日の五十日《いか》を如何《いか》に過ごしているかと、尋ねて下さる方もなく過ごしております）
何事につけても、娘を思うと、気の塞《ふさ》ぐ有様です。このように、時々、慰めのお便りを頂いて、それを頼りに生きている私の命ですが、心細いばかりでございます。仰《おお》せの通り、娘のことについて、安心できるようにして頂きたく存じます」
と、真面目に書かれていた。

源氏は、何度も手紙を見ながら、
源氏「あぁあ」
と、深い溜息を吐きながら、独《ひと》り言《ごと》を呟《つぶや》いている。女君（紫の上）は、横目遣《よこめづか》いで源氏を見上げながら、
紫の上「『浦よりをち（彼方）に漕《こ》ぐ舟の……（我をばよそに隔《へだ》てつるかな）』」
と、嫉妬《しっと》の気持ちの籠った古歌を呟きながら、ぼんやりしている。
源氏「まったく、貴女は、そこまで詮索《せんさく》するのですね。これは、ほんの少し、気の毒に思っているだけですよ。あの地（明石の浦）の様子などを、ふと思い出すと、時々、来《き》し方《かた》（過去）が忘れられず、独り言を呟いたりしますが、よくもまあ、貴女は、聞き逃さずにいるものですね」
などと、恨み言を言って、上包《うわづつ》み（書状を包む紙）だけを、女君に見せる。明石入道の娘の筆跡などには、とても奥ゆかしい風情が感じられ、京の都の身分の高い人であっても、困ってし

まいそうなほどに、見事なものであった。
紫の上（内心）「これほどの女方だから、源氏の君は、夢中になっているのだろう」
と、思っていた。

［九］

源氏は、このように、女君（紫の上）の機嫌《きげん》を取って過ごしているので、明石から帰京した後も、花散里《はなちるさと》には未《いま》だ会わないままであった。邸の荒れ果てた有様は、気の毒なほどである。公事《おおやけごと》（政務や公務）も忙しく、自由の利《き》かない身分であるために、自重《じちょう》しているのか、珍しいほど、女方には興味を抱くこともなく、落ち着いて過ごしているようである。

五月雨《さみだれ》（旧暦［太陰太陽暦《たいいんたいようれき》］五月《さつき》の頃に降る長雨、梅雨《つゆ》）で、つれづれなる（所在無い）頃のことである。公《おおやけ》私《わたくし》ともに落ち着いている時に、思い立って、花散里の邸を訪問した。源氏は、直《じか》に訪問できない時でも、明け暮れにつけて何かと世話をしていたので、花散里の方でも、それを頼りに暮らしていた。今時《いまどき》の女方のように、思《おも》わせ振《ぶ》りな態度で、拗《す》ねたり僻《ひが》んだりして、恨み言を言うような素振りは、見せない人である。源氏にとっては、気楽に訪ねることのできる女方であった。

数年ぶりの訪問である。邸内は、ますます荒れ果てて、物寂しい雰囲気であった。源氏は、まず、女御《にょうご》の君（麗景殿女御《れいけいでんのにょうご》、故父帝の妃、花散里の姉）に挨拶《あいさつ》をして、御物語（世間話、雑談）をしている。花散里の暮らす西の妻戸《つまど》（寝殿西側の板戸）には、夜が更けてから立ち寄った。月朧《つきおぼろ》（月がぼんやり霞《かす》んで見えること）の光の射《さ》す中、源氏が、たいそう優美な立居振舞《たちいふるまい》で入って来た。その姿は、どこまでも素晴らしく見える。

花散里は、ますます気の引ける思いであるが、端近《はしぢか》（部屋の外に近い場所、寝殿造《しんでんづく》りでは廂《ひさし》の間《ま》や簀子《すのこ》）から、ぼんやりと外を眺めている。穏やかにしている姿は、源氏には、好ましく感じられる。水鶏《くいな》（水鳥、夜にきょっきょっと鳴く声が戸を叩《たた》く音に聞こえる）が、すぐ近くで鳴いている。

花散里　**水鶏《くひな》だにおどろかさずはいかにしてあれたる宿に月を入《い》れまし**

（水鶏さえも、気を引いてくれませんのに、どのようにして、荒れた宿［邸］に、月のように輝く貴方を、迎え入れたらよろしいのでしょう）

と、たいそう可愛らしく歌を詠みながら、久方ぶりの訪れに、不満を込めている。

源氏（内心）「どの女も、それぞれに捨てがたい魅力はあるものよ。だからこそ、却って、我が身は苦しくなるのだ」

と、思っている。

源氏「**おしなべてたたく水鶏《くひな》におどろかばうはの空なる月もこそ入れ**

（すべての宿に、一様《いちよう》に叩く水鶏に驚いていたならば、上《うわ》の空《そら》の月のような男も、入って来るかもしれません）

心配です」

と、なほ言《ごと》（依然として等閑言《なおざりごと》［実意のない言葉］）で返歌をしているが、好色《こうしょく》めいた怪《あや》しい下心はない。

何年もの間、花散里は、源氏の帰京を待ちながら過ごしていた。源氏も、その気持ちについては、けっして疎《おろそ》かには思っていない。「空なながめそ」「須磨」［四］と、源氏が頼りに思わせる歌を詠んだ時のことを、女君は話し出す。

花散里「どうして、あの時、『これほどの悲しみはない』と物思いにひどく苦しんだのでしょう。源氏の君が帰京されても、憂《う》き身《み》の私は、同じように嘆き悲しんでいるのですから」

と、言う姿は、おっとりと可愛らしい様子である。

〈例の（いつものことではあるが）、一体どこから、巧《うま》い言葉が出て来るのであろうか「帚木」［一五］。源氏は、尽《つ》きることなく語り掛けて、花散里を慰《なぐさ》めている〉

源氏は、このような時にも、あの五節《ごせち》を、忘れずに思い出している「花散里」［二］、「須磨」［一六］。

源氏（内心）「また、会ってみたいものだ」

と、思いはするものの、それは難しいことで、こっそりと会うこともできない。女（五節）の方でも、源氏を慕《した》う思いを断《た》つことができずにいる。親は心配して、あれこれと言ってくるが、縁談も断《ことわ》っている。

源氏は、思いのままに寝殿（二条院東の院）を改築している「澪標」［三］［四］。

源氏（内心）「これらの女方達を、邸《やしき》に集めて住まわせよう。願いが叶い、大切に育てたい人（明石女児）を京の都に迎え入れることができた時には、後見《うしろみ》（世話役）にしよう」

と、思っている。

二条院東の院の改築は、源氏の思いのままに為《な》されて、たいそう見所《みどころ》のある当世風《とうせいふう》の華やかな様子である。情趣《じょうしゅ》を弁《わきま》えている受領《ずりょう》などを選んで呼び寄せ、優雅に造らせている。

源氏は、尚侍《ないしのかみ》の君（朧月夜《おぼろづきよ》）についても、依然として、きっぱりと諦《あきら》めることができずにいる。性懲《しょうこ》りもなく、再び、気を引くようなことをしているが、女（朧月夜）の方は、源氏の薄情《はくじょう》さに懲《こ》りてしまい「澪標」［一二］、昔のようには、応対もしない。

源氏は、帰京後の方が、却って、心寂しく物足りなさを感じている。

［一〇］

院（源氏の兄）は、譲位を果たすと、安堵《あんど》されて、季節の折々には、風流な管弦の遊びなどを催《もよお》し、穏やかに過ごしておられる。

女御や更衣の方々は、皆、これまで通りに仕えている。ただ、中でも、春宮の御母女御（承《しょう》香殿女御《きょうでんのにょうご》）「澪標」［三］だけは、これまで、院から格別な寵愛《ちょうあい》を受けることもなく、院の尚侍の君《ないしのかみ》（朧月夜）への寵愛に押し負《お》かされていたので、このように皇子が春宮となり、打って変わって、喜ばしい幸運に恵まれたのを機に、院の傍を離れ、春宮に付き添って過ごしておられる。

この大臣《おとど》（源氏）の宿直所は、昔の淑景舎《しげいしゃ》（桐壺）である「桐壺」［一七］。南隣の梨壺《なしつぼ》（昭《しょう》陽舎《ようしゃ》）が春宮の住まいで、隣のよしみで、何事においても相談することのできる間柄となって、源氏は、春宮の後見の役割も果たしている。

入道后の宮《にゅうどうのきさいのみや》（藤壺）は、出家している身であり「賢木」［一七］、帝の母であっても皇太后《こうたいごう》の位には就けず、太上天皇《だいじょうてんのう》（天皇譲位後の称号）に準《じゅん》じて（女院《にょういん》）、御封《みふ》を頂戴される。院司《いんのつかさ》（役人）達も任命されて、格別に威厳《いげん》のあるご身分である。

仏道の勤行《ごんぎょう》や功徳《くどく》を日課として過ごしておられる。この何年もの間（兄帝の御世）は、世間を憚《はばか》り、宮中に出入りすることも容易ではなかった。春宮（息子の皇子）にも会えず、悲嘆して憂鬱になることもあった。しかし今では、念願叶って、春宮が帝に即位したのであるから、思いのまま宮中に参内《さんだい》したり、退出したりされて、たいそう幸せなご様子である。

弘徽殿大后《こきでんのおおきさき》（内心）「鬱陶《うっとう》しい世の中になったことよ」

と、思い嘆いていた。しかし大臣（源氏）が、何かにつけて大后に丁重《ていちょう》に仕《つか》えて、気配りをするので、大后の方が、却って、気恥ずかしくなる思いをしている。大后には気の毒なほどなので、世間の人々は、穏やかならず心配して、噂しているのだった。

（読者として……長年、大后［弘徽殿皇太后］は、源氏に悪意を抱いていました「澪標」［一］。源氏から、丁重に面倒を見られることに忸怩《じくじ》たる思いをしています。周囲の人々が、その姿を見て、冷や冷やしている様子も伝わってきます）

兵部卿親王《ひょうぶきょうのみこ》（藤壺の兄、紫の上の父）は、この何年もの間、源氏が、京の都を退去して、辛い思いをしていることには思いも馳《は》せず、ただ、世間での自分の評判ばかりを気にしていた「須磨」[三]。

大臣《おとど》（源氏）は、兵部卿親王の冷淡な仕打ちが忘れられず、昔のように親しく付き合うことはない。総じて、世の人々に対して寛容《かんよう》な気持ちで振る舞う一方で、兵部卿親王の一族に対しては、むしろ、冷たい仕打ちを見せるので、入道の宮（藤壺）は、兄を、気の毒にも、不本意なことにも思っている。

世の中の事（天下の政治）は、ただもう、半分ずつ分担して、太政大臣《おおきおとど》（元左大臣）と、この大臣（源氏）の意のままである。

権中納言《ごんちゅうなごん》（元左大臣の長男、元中将）の娘が、その年の八月に入内《じゅだい》される。祖父太政大臣が自ら世話を焼いて、入内の儀式など、盛大に催された。
（読者として……太政大臣は、以前から、孫娘の入内を願っていました「澪標」[三]）

兵部卿親王も、中の君（次女、二番目の姫君、紫の上の異母妹）の入内を志《こころざ》して、大切に育てているとの評判であった。しかし大臣（源氏）は、そちらが他に勝るようにと、肩入れすることはなかった。
〈源氏は、兵部卿親王との関係を、今度、どのようにするつもりなのだろうか〉

［一一］

その年の秋、源氏は、住吉神社に参詣《さんけい》する。願《がん》の数々を叶《かな》えることのできたお礼参りであるから、威厳《いげん》に満《み》ちた行列で、世間は大騒ぎである。上達部《かんだちめ》、殿上人《てんじょうびと》が、「我も我も」と仕えている。

（読者として……源氏が明石から帰京したのは、前年の八月でした。「明石」［一六］～［二〇］）

丁度《ちょうど》その時、あの明石の人（明石入道の娘）も、毎年の恒例行事《こうれいぎょうじ》として、住吉神社の参詣にやって来ていた「明石」［九］。去年と今年は、懐妊《かいにん》や出産により怠《おこた》っていたため、お礼とお詫《わ》びを兼ねて、思い立ったのだった。

明石から住吉まで、舟での参詣であった。棹《さお》を差《さ》して岸に舟を着けると、辺りは大騒ぎである。お参りに向かう人々が、渚《なぎさ》（波打《なみう》ち際《ぎわ》）にもいっぱいで、尊い奉納《ほうのう》の品《しな》を手に持った人の行列は、どこまでも続いていた。楽人《がくにん》十人ほどが、装束を整えて並んでいる。顔立ちの良い者達が選ばれていた。

明石入道の娘の供人「どなたの参詣ですか」

と、尋ねたようである。
見物人「内大臣殿（源氏の君）の願ほどきの参詣を、知らない者がいるとはねえ」
と、言って、身分の低そうな者までもが、得意顔で笑っている。

明石入道の娘（内心）「本当に、情けない話。こともあろうに、同じ日に参詣とは。却って、源氏の君のお姿を、遥《はる》か遠くから眺めることほど、我が身《み》を情けなく思うことはない。そうは言ってもやはり、私は、源氏の君の娘を産んで、切っても切れぬ宿世で結ばれているのだ。それなのに、このように、つまらぬ身分の者までもが、物思いのない様子で仕え、晴れがましく嬉々《きき》としているのに、私は、一体、前世で何の罪を背負った身なのか。いつも源氏の君を気に掛けて、心細い思いをしているのに、これほどの評判となっている源氏の君の住吉の参詣を、知りもせずにいたとは。どうして出掛けて来てしまったのだろう」
などと、思うほどに悲しくてたまらず、人知れず涙に濡れているのだった。

源氏の君の一行《いっこう》は、海辺の松原の深緑《ふかみどり》の光景の中を、花や紅葉《もみじ》をしごいて撒《ま》き散《ち》らしたような、濃い色や薄い色の袍衣《うえのきぬ》を身に着けて、その数は、数え切れないほど大勢である。六位の中でも、蔵人《くろうど》の青色（深緑、黄ばんだ萌黄色《もえぎいろ》）の袍《ほう》がはっきり見える。あの賀茂《かも》の瑞垣《みずがき》を恨む歌を詠んでいた右近将監《うこんのぞう》「須磨」［七］も靫負《ゆげい》（衛門府《えもんふ》の尉《じょう》。靫《ゆき》を背負って宮中警護にあたる者）になり、大袈裟な様子で随身《ずいじん》を従える蔵人《くろうど》になっていた。

良清《よしきよ》「明石」［四］も同じ佐《すけ》（衛門佐《えもんのすけ》）の身分となり、誰よりも特に晴れ晴れとした様子で、大袈裟なほどに赤い色の衣を着た姿は、たいそう颯爽《さっそう》として立派である。

（読者として……官位により、衣服の色彩が決められています。この場面では、自然の風景の中で、装束が、まるで花や紅葉のように色とりどりに見える様子が描かれています。飛鳥時代、聖徳太子の定めた冠位《かんい》十二階がはじまりとされています）

すべて、源氏の君が明石に滞在していた際、見かけた人々である。当時とは打って変わって、華やかな姿になり、「何を思い悩むことがあろうか」と思っているような、堂々とした態度に見える。あちらこちらに散らばって、中でも、若々しい上達部や殿上人は、「我も我も」と競い合い、馬や鞍《くら》などまで飾り立て、磨《みが》き上げている。

人々（内心）「たいそう素晴らしい見物《みもの》だ」

と、田舎人《いなか》（明石入道の娘の一行）は、思いながら見ている。

明石入道の娘は、源氏の君の車を、遥か遠くに眺めていると、却って不愉快な思いになって、恋しい御影《おんかげ》（源氏の姿）を、見る気にもなれない。

源氏は、河原大臣《かわらのおとど》の御例《おんれい》（歴史上の実在人物、河原院に住んだ源融《みなもとのとおる》。嵯峨《さが》天皇の皇子で一世の源氏）に倣《なら》い、童随身《わらわずいじん》を賜《たまわ》っていた。たいそう可愛らしい装束を着て、角髪《みずら》（童の髪型）を結《ゆ》い、紫裾濃《むらさきすそご》の元結《もとゆい》（両端に行くにつれて濃い紫に染めた髪を縛る細い紐）も優美である。背丈や姿も揃《そろ》って、可愛らしい恰好の十人である。その様子は、際立《きわだ》って目新《めあたら》しく、華やかに見える。

大殿腹《おおとのばら》の若君（夕霧、源氏と故葵の上の息子）も、この上なく飾り立てている。馬副《うまぞい》（身分の高い人が馬で外出する時の従者）や供人の童なども、皆、揃《そろ》いの衣装であるが、他とは雰囲気を変えて、装束で違いを表している。

明石入道の娘には、雲居《くもい》（宮中）の人々が、遥か遠くに素晴らしく見えるにつけても、若君（明石女児、源氏と明石入道の娘の子）が、人数《ひとかず》にも入らぬ有様で、明石で暮らしていることを、明石入道の娘（内心）「悲しくて、情けない」

と、思っている。ますます、住吉神社の御社《みやしろ》の方を向いて、拝んでいる。

国守《くにのかみ》（摂津守）も参上し、源氏の君一行を迎える準備など、通例の大臣の参詣の時よりも格別に、またとないほど盛大に奉仕《ほうし》しているのである。

明石入道の娘は、我が身の体裁《ていさい》の悪さが、恥ずかしくてたまらない。

明石入道の娘（内心）「このように盛大な参詣の人々に立ち交じり、人数《ひとかず》にも入らぬ我が身が、些細《ささい》な奉納《ほうのう》をしたところで、神の目に留《と》まり、人並《ひとなみ》に扱《あつか》って頂けるはずもない。このまま帰るのも中空《なかぞら》（中途半端《ちゅうとはんぱ》）であるから、今日は、難波《なにわ》に舟を止めて、せめて、祓《はらえ》だけでもしよう」

と、思い、舟を漕《こ》がせて、対岸に渡った。

君（源氏）は、明石入道の娘が、住吉神社の参詣に来ていたとは、夢にも思わず、夜一夜《よひとよ》（夜《よ》通《どお》し）、色々な神事をさせていた。実に、神の喜ばれるに違いない奉納をやり尽くし、これまでの願《がん》ほどき（願《ねが》いの叶ったお礼参り）をすると、それに加えて、またとないほど盛大な管弦の遊びを賑《にぎ》やかに行い、夜を明かしていた。

惟光《これみつ》など、源氏の傍《そば》で仕えてきた者は、心の中で、惟光（内心）「神の御徳（御加護）、身に染みて有難く、喜ばしいこと」

と、思っていた。源氏が、ほんの暫《しばら》く立ち上がって外へ出た際、傍に仕えてお耳に入れた。

惟光　**住吉《すみよし》のまつこそものは悲しけれ神代のことをかけて思へば**

（住吉の松《まつ》を見ると、先《ま》ず、悲しい思いが込み上げてきます。神代《かみよ》［神話の時代］のことにも思える、須磨と明石の流浪《るろう》の日々を思い出しますので）

と、歌を詠む。

源氏（内心）「その通りだ」

と、当時を思い出し、

源氏「**あらかりし波のまよひに住吉の神をばかけてわすれやはする**

（激しく荒々しい波風に恐ろしい思いをしたが、住吉の神に助けられた。そのご加護《かご》を忘れることがあろうか。いや、決してない）

神の霊験《れいげん》であったことよ」

と、話す姿も、たいそう立派である。

惟光は、話の序《つい》でに、あの明石入道の娘の参詣《さんけい》の舟が、この源氏の一行の賑やかさに気圧《けお》されて、立ち去ったことを伝えた。

源氏（内心）「知らずにいたことよ」

と、気の毒に思う。神の御しるべ（住吉の神の導《しるべ》による縁《えにし》）「澪標」［四］を思い出すと、等閑《なおざり》にはできず、

源氏（内心）「ほんの少しでも、せめて手紙だけでも送り、心を慰めてやりたいものだ。却って、参詣を後悔しているのではないだろうか」

と、思っている。

　源氏は、御社《みやしろ》（住吉神社）を出立し、あちらこちら逍遥《しょうよう》（行楽《こうらく》）し尽《つ》くす。明石入道の娘も立ち寄っている難波では、御祓などを、とりわけ厳《おごそ》かに盛大に行う。堀江《ほりえ》（人工の水路、運河）では、辺りを眺めながら、

源氏「『いまはた同じ難波なる』」

と、思わず、古歌を口ずさむ。それを、車の傍近くで、惟光は聞いたのだろう。「そのようなご用命《ようめい》もあるかもしれない」と思って、いつも習慣として懐《ふところ》に用意していた柄《え》の短い筆などを、車が止まった所で、源氏の君に差し上げた。

（読者として……源氏は、古歌「わびぬれば今《いま》はた同じ難波《なにわ》なるみをつくしても逢《あ》はむとぞ思ふ［元良親王《もとよししんのう》］」の一節《いっせつ》を口ずさんでいます。「みをつくし」は、「澪標《みおつくし》」と「身《み》を尽《つ》くし」が掛詞《かけことば》

となっていて、この場面から巻名にもなっています。「澪標」は、水脈《みお》の串《くし》（通行する船に通りやすい深い水脈を知らせる杭《くい》）です。「我が身を尽くし、どうなってでも貴女に会いたい」との気持ちの込められた歌です）

源氏（内心）「面白い」

と、思い、畳紙《たとうがみ》に、

源氏　**みをつくし恋ふるしるしにここまでもめぐり逢ひけるえには深しな**

（身を尽くして、澪標《みおつくし》を恋の標《しるし》に、ここまでやって来ました。貴女とここで巡り合うとは、宿縁は深いのですね）

と、歌を詠んで書くと、明石入道の娘を知る供人を使いにして、届けさせる。

明石入道の娘は、源氏の君の一行が駒《こま》（馬）を並べて通り過ぎて行くのを見るだけでも、心は乱れていた。そこへ、露《つゆ》ばかり（ほんの少し）ではあるものの、歌が届いたのである。たいそうしみじみと嬉しく、畏《おそ》れ多《おお》く、涙を流していた。

明石入道の娘　**数《かず》ならでなにはのこともかひなきになどみをつくし思ひそめけむ**

（人数《ひとかず》にも入らぬ田舎者の私は、難波《なにわ》まで来ても、何の生きる甲斐《かい》もない有様ですのに、どうして、身を尽くしてまで、貴方のことを思うようになったのでしょう）

源氏が、田蓑《たみの》の島《しま》で禊《みそぎ》の勤行《ごんぎょう》をするとのことで、祓《はらえ》の木綿《ゆう》につけて、この歌を差し上げた。

日が暮れてゆく。夕潮《ゆうしお》が満ち、入江の鶴《つる》（鶴《たず》、田鶴《たず》）が、声を惜《お》しむことなく、もの悲しさを漂《ただよ》わせながら鳴いている。

〈そんな風情のある折であるからだろうか〉

源氏（内心）「人目を気にすることなく、明石入道の娘に会いに行き、顔を見たいものだ」

と、そこまで思っている。

源氏　**露けさのむかしに似たる旅衣《たびごろも》田蓑の島の名にはかくれず**

（涙の露に濡れた昔「須磨と明石を流浪した頃」の様子に似ています。旅衣《たびごろも》は、田蓑の島とはいえ、名《な》ばかりで、難波《なにわ》のこの地で、私は、隠れもせずに涙を流して濡れています）

　京の都へ帰る道中は、気儘《きまま》に、見る甲斐のある逍遥（行楽）や管弦の遊びをして、賑やかな一行ではあるが、源氏は、心の内では、やはり、明石入道の娘のことが気掛かりで、思いを馳せている。

　遊女たちが、集まってやって来る。上達部《かんだちめ》とはいえ、年若《としわか》の風流好きな者は、皆、目を奪《うば》われているに違いないようである。

源氏（内心）「いやいや、まったく情けない。をかしきこと（風情《ふぜい》）も、もののあはれ（情趣《じょうしゅ》）も、その人の人柄によるものであるはずだ。ありふれた振舞であっても、少しでも情の薄いところのある者は、こちらが心を留める拠《よりどころ》があるはずもないのに」

と、思っている。遊女たちは、源氏の内心を知るはずもなく、それぞれ得意《とくい》になって、皆で上品ぶっているのも、源氏には疎《うと》ましく思われた。

明石入道の娘は、源氏の君一行が通り過ぎるのを見届けて、次の日、日柄《ひがら》も良かったので、幣帛《みてぐら》（神に捧げるもの）を奉納《ほうのう》する。身分相応に、数々の祈願を、どうにか果たすことができた。

それでも、却って物思いは増して、明けても暮れても、情けない我が身を嘆いている。

明石入道の娘（内心）「今頃、京の都に到着されただろうか」

と、思うほどの日数《ひかず》も経たないうちに、源氏の君の使いの者がやって来た。

源氏（伝言）「近いうちに、京の都に迎えたい」

との、仰《おお》せ言《ごと》であった。

明石入道の娘（内心）「たいそう心強いこと。私を人並《ひとなみ》に扱って下さっての仰せ言のようではあるけれど、さあ、どうかしら。古歌には、島を漕《こ》いで離れる不安を詠んだ歌もあるのだから、京の都へ行けば、親も頼れず、源氏の君も頼れず、中空（中途半端）となって、心細い思いをすることになるのではないだろうか」

と、思い悩んでいる。

明石入道も、いざ、娘と孫（女児）を京の都へ行かせて、手放すことになると思うと、たいそう気掛かりでならない。とは言え、このまま、明石の地に埋《うず》もれて暮らすとなると、それもそれで、却って、宿願を祈ってきたこれまでの歳月よりも、気苦労なことである。

明石入道の娘は、何を考えても気後《きおく》れするばかりで、上京を決心できずにいる旨、源氏の君への返事として、使いの者に伝えた。

［一一］

〈まことや（そう言えば）〉

あの斎宮《さいぐう》（六条御息所《ろくじょうのみやすどころ》の娘）も、治世《ちせい》が変わったことにより「澪標」［三］、交代された。

（読者として……斎宮の伊勢への下向は、六年前の秋でした「賢木」［五］～［七］）

母六条御息所も上京した。源氏は、以前と変わらぬ様子で何かにつけて見舞いをして、滅多にないほどの深い情けを尽くしている。しかし、

六条御息所（内心）「昔でさえ、源氏の君は、冷淡な性格であったのだから、今となっては、中途半端な間柄になってしまうかもしれない。もう、無念な思いはしたくない」

と、見限っているので、源氏の方からも、六条御息所の邸を訪れることは、特にはなかった。

源氏（内心）「強《し》いて、相手の気持ちを動かしたとしても、私の気持ちも、今後どうなるか分からない。あれこれと関《かか》わりを持って忍び歩きをするのも厄介《やっかい》だ」

と、思っているので、しつこく言い寄ることもない。しかし、斎宮については、

源氏（内心）「どれほど美しく成長されていることだろう」
と、見たくてたまらない思いになっていた。

六条御息所は、今でも、あの六条京極《ろくじょうきょうごく》辺りの古宮《ふるみや》（古い御殿）を、たいそう美しく修繕し、雅《みやび》やか（上品で優美な様子）に装《よそお》って暮らしている。奥ゆかしい風情は、昔のままで変わらない。嗜《たしな》みのある女房なども多く仕えて、風流な人々の集まる場所となっているので、物寂しい様子ではありながらも、心を慰めて過ごしていた。ところが、急に重い病《やまい》を患《わずら》って、何かにつけて、たいそう心細くなるばかりであった。罪深《つみぶか》き所で年月を過ごしていたこと（娘斎宮の付き添いで伊勢に下向して仏教を忌《い》む所で神に奉仕）が恐ろしくてならず、出家して尼になってしまった。

源氏は、六条御息所の出家を聞くと、いつも心に掛けている人ではなかったものの、やはり、風情については、話のできる方であると思っていたので、このように決意されてしまったことは残念でならず、驚いて訪問した。飽きることなく、しみじみと、心に染みる見舞いの言葉を伝えている。

六条御息所は、枕元の近くに、源氏の御座《おまし》（御座所《おましどころ》）を設《しつら》えて、脇息《きょうそく》に寄り掛りながら返事などをしている。たいそう弱々しくなられた気配《けはい》に、
源氏「私の尽きることのない貴女への心ざし（志、愛情）を、見て頂くことはできないのでしょうか」

と、悔しさのあまり、激しく泣いてしまう。

六条御息所（内心）「これほどまでに、私のことを、心に留《とど》めて下さっていたのか」

と、万感胸《ばんかんむね》に迫《せま》る思いとなり、娘斎宮の今後のことについて申し上げる。

六条御息所「私の亡《な》き後、娘斎宮は、心細い有様で、この世に生き残ることになります。必ずや、何かにつけて、人並《ひとなみ》に扱ってやって下さい。源氏の君の他に、世話を頼める人もおらず、類《たぐい》ないほど悲しい身の上の娘でございます。私は、何の役にも立たぬ身ではありますが、もう暫《しば》く、生き長らえているうちは、あれやこれやと、娘が物事の分別のつくまでは、世話をしようと思っておりましたのに」

と、言いながら、息も消え入りそうに泣いてしまう。

源氏「このように、お話を聞くことがなかったとしても、斎宮をお見捨てするはずもございませ

んでしたが、尚更の事、心の及ぶ限り、何事においても後見をさせて頂きたいと思います。決して、不安に思われませんように」

などと、言うと、

六条御息所「それが、たいそう難しいことに思われまして。本当に頼りにして、父親代わりの世話を依頼した人であっても、女親が亡くなれば、たいそう可哀想な目《め》に会《あ》うこともあるようです。まして、その親代わりの人から、思われ人のようになったならば、面倒な揉《も》め事《ごと》に巻き込まれ、人々から疎《うと》まれることにもなるでしょう。私の情《なさ》けないほど考え込む性分からの想像ではありますが、娘斎宮には、決して、そのような好色がましい思いは寄せないで下さい。私は、辛い事を積み重ねるような人生でした。女は、思い掛けないことで悩みを抱えるものです。どうにかして、娘には、そのような悩みを抱えずに、生きて欲しいと願っているのでございます」

などと、話をするので、

源氏（内心）「つまらぬことを言われるものだ」

と、思いながらも、

源氏「何年もの間、京の都を離れて様々な経験をし、万事、分別がつくようになりました。私が、昔のままの好色めいた男であるかのように思われて、お話をされるのは心外《しんがい》です。まあ良いです。しぜんに、お分かり頂けることでしょう」

と、返事をする。

話をしているうちに、外は暗くなってきた。部屋の中が、大殿油《おおとのあぶら》の仄《ほの》かな光で、物越しに透《す》けて見える。

源氏（内心）「もしや（もしかしたら）」

と、思い、そっと、几帳《きちょう》の綻《ほころ》び（縫い合わせていない部分）から中を覗《のぞ》く。ぼんやりと灯影《ほかげ》（灯火《とうか》に照らされた人の姿、六条御息所）が見える。御髪《みぐし》は、たいそう美しく、くっきりと削《そ》がれ（尼削《あまそぎ》）、物に寄り掛かって座る姿は、絵に描《か》いたような美しさである。源氏は、しみじみとした思いになる。帳《とばり》（帳台《ちょうだい》）の東面《ひがしおもて》（東側）で横になっているのは、宮《みや》（前斎宮、六条御息所の娘）なのだろう。几帳が、無造作《むぞうさ》に引き寄せられた隙間《すきま》から、じっと目を止めて見通すと、頬杖《つらづえ》（ほおづえ）をついて、たいそう悲しそうな面持《おもも》ちである。かすかに見えるだけではあるが、

源氏（内心）「たいそう美しい人のようだ」

と、思いながら見ている。御髪の肩にかかる様子や頭《かしら》つき（髪の様子）は上品で、高貴に見えるものの、ひちちか（ぴちぴちと若々しい様子）で、可愛らしいことは、はっきりと分かる。源

氏は、じれったくて、見たくてたまらない思いに駆られるが、
源氏（内心）「母親の六条御息所が、あのように言われるのだから」

と、思い直す。

六条御息所「ひどく苦しくなって参りました。みっともない有様で失礼になりますから、早く、お引き取り頂きたく」

と、言うと、女房に抱えられて横になってしまう。

源氏「お傍近くに参上しましたことが、しるし（効き目《きめ》）となって、ご気分が宜《よろ》しくなれば嬉しいのですが。気掛かりでございます。どのような具合ですか」

と、言いながら、覗《のぞ》こうとする様子なので、
六条御息所「私は、たいそう恐ろしく見えるほどに衰えてしまいました。気分も悪く、もはやこれまでと思われる最期《さいご》の折に、お越し頂いたことは、本当に、浅くはないご縁を感じます。心配でならない娘（前斎宮）のことを、少しは申し上げることもできましたので、私が亡くなっても大丈夫であると、心強く思っております」

と、言う。

源氏「このように、ご遺言を託す方々の中に、私を加えて下さいましたこと、たいそう有難い

思いでございます。故院（父院）には、御子が大勢おられますが、私には、親しく付き合う者は、ほとんどおりません。上（故院）が、貴女様の娘（前斎宮）を、実の子のように思われていたのですから、それを思えば、私とは、兄と妹のようなものですから、頼りにして頂きたいのです。少しは大人の年齢にはなりましたが、世話をする娘もなく、物足りなく思っておりましたので」

などと、伝えると、帰って行った。

六条御息所への見舞いは、これまでより、もう少し丁重《ていちょう》に、度々、寄せている。

［一三］

七、八日経った後、六条御息所は亡くなった。源氏は、あっけない思いに駆《か》られ、人の世の果敢無《はかな》さに、何とも心細い思いになる。内裏《うち》にも参上（参内《さんだい》）せず、あれこれと、葬送のことなどを指図《さしず》している。前斎宮（六条御息所の娘）には、源氏の他に、特に頼りにできる人はいないのだった。斎宮を任じられた頃から仕えている宮司《みやづかさ》などが、馴染《なじみ》のある様子で、少しは葬送や法事の手はずを整えていた。

源氏も自ら、六条の邸に出向いた。前斎宮に、来意を告げて挨拶をする。

前斎宮「何を、どのようにすれば良いのか、まったく分からずにおりまして」

と、女別当《にょべっとう》（斎宮や斎院に仕える女官の長）を通じて、返事をされる。

源氏「私からも申し上げたことではありますが、母君（故六条御息所）からも、仰《おお》せ言《ごと》（遺言《ゆいごん》）を頂いております。今となっては、私を他人とは思わずに、心置《こころお》きなく頼りにして頂ければ嬉しく存じます」

と、お伝えすると、女房達を呼び出して、やるべき事をあれこれ指図《さしず》している。

〈たいそう頼りになりそうな有様である。六条御息所に対して、年来《ねんらい》、冷淡な態度をとった償《つぐな》いとして、信頼を取り戻そうとしているようにも見える〉

故六条御息所の葬送は、たいそう厳粛《げんしゅく》に執り行われ、源氏の自邸二条院に仕える人々も、数え切れないほど差し向けられた。

源氏は、しみじみと物思いに耽《ふけ》りながら、精進《しょうじん》（仏道修行に励むこと）している。御簾《みす》を下《お》ろし、引《ひ》き籠《こも》って勤行《ごんぎょう》をしているが、宮（前斎宮）には、常に、見舞いの便りを届けている。宮も、次第に心が落ち着いて、自ら、源氏の君に返事をされる。気の引ける思いではあるが、乳母などが、

前斎宮の乳母「代筆の返事では、畏れ多く失礼でございます」

と、勧《すす》めるからであった。

雪や霙《みぞれ》が、風に乱れて降り荒れる空模様《そらもよう》の日、

源氏（内心）「宮（前斎宮）は、どのように過ごしておられるだろうか。物寂しい有様で、物思いに耽っておられることだろう」

と、思いを馳せて、使いの者を差し向けた。

源氏（手紙）「今、この空模様を、どのような思いでご覧になっていることでしょう。

降りみだれひまなき空に亡《な》きひとの天《あま》かけるらむ宿ぞかなしき

（雪や霙が、絶え間なく降り乱れる中、故六条御息所は、天空《てんくう》を翔《か》け回《まわ》っておられることでしょう。残された宿［邸］の悲しみを思います）」

空色の曇ったような色の紙に返事を書いた。年若い前斎宮の目に留まるように、気を遣って見栄《みば》え良くしている。

〈たいそう、目にも鮮やかな手紙である〉

宮は、何とも、返事に困っているが、傍らで、女房達「代筆《だいひつ》や言伝《ことづて》では、失礼でございます」と、急《せ》き立《た》てるので、鈍色《にびいろ》（喪服《もふく》と同じ淡墨色）の紙で、たいそう香りの良い、優美なものに、墨の濃淡を取り混ぜて歌を書きつける。

前斎宮　**消えがてにふるぞ悲しきかきくらしわが身それとも思ほえぬ世に**

（母の後《あと》を追《お》って、この世から消えることもできず、時を経《ふ》るのも、雪の降《ふ》るのも、心は暗くな

るばかりで悲しみに暮れています。我が身を我が身と、分別もつかぬ有様でございます）
　遠慮がちな書き振りで、たいそうおっとりとした風情である。筆跡は、優れているとは言えないものの、可愛らしく、上品で優美な人柄に見える。源氏は、前斎宮が伊勢に下向された当初から、「いつの日か、対面することもあるに違いない」と、執着する癖により思いを抱き続けていたので「賢木」［五］、このまま済《す》ます気持ちにはなれず、
源氏（内心）「母君六条御息所は亡くなったのであるから、今こそ、心を込めて、何としてでも、言い寄るべき時なのだ」
と、思いはするものの、例によって、故六条御息所の遺言を思い出して考え直す。
源氏（内心）「愛しい娘（前斎宮）であるからこそ、故六条御息所が、たいそう心配し、用心されていたのも当然のことだ。それに世間の人々は、私の下心を疑っているのだろう。ここは、私自身の考え方を変えて、心清らかに、前斎宮のお世話をしよう。上《うえ》（帝、藤壺と源氏の秘事の罪の息子）が、もう少し分別《ふんべつ》のつく年齢になられたならば、前斎宮を内裏住《うちず》み（入内《じゅだい》）されるようにしよう。私には子供が少なく、心寂しい思いをしてきたのだから、私のかしづきぐさ（大切に世話をする人）になって頂ければ良いのだ」
と、思い至っていた。

（読者として……「かしづきぐさ」は、源氏が紫の上を引き取って育てる際にも、心境を表す言葉として使われていました「若紫」［二六］。これからの物語では、源氏が、前斎宮の後見人として振る舞いつつも、執着心を抱き続け、懸想《けそう》する姿が描かれます）

源氏は、前斎宮に、たいそう真面目《まじめ》な様子で丁寧な便りを届け、その上、然《しか》るべき折々には、邸を訪ねたりもしている。

源氏「畏《おそ》れ多《おお》いことではございますが、私を、故母君（六条御息所）の名残《なごり》（故人の身代《みが》わり）として、ご遠慮なく頼りにして頂ければ、本望《ほんもう》でございます」

などと言うが、前斎宮は、ひどく恥ずかしがられる内気な人柄で、少しでも声を発して相手に聞かせることは、まったくみっともないことであると思っておられる。女房達も、何も申し上げることができず、このような前斎宮のお人柄を、皆で心配している。

源氏（内心）「前斎宮には、女別当《にょべっとう》や内侍《ないし》などの女官、あるいは、皇族の血筋を引く方々など、嗜《たしな》みのある人々が多く仕えているに違いない。私が人知れず密《ひそ》かに考えている前斎宮の入内を成《な》し遂《と》げる上でも、誰にも劣ることはないように見える。どうにかして、はっきりと前斎宮のお姿を見てみたいものだ」

と、思っている。

〈前斎宮にとって源氏は、安心して頼りにできる御親心《おんおやごころ》（後見人）ではないということなのだろう〉

源氏は、自分の心を鎮《しず》めること（前斎宮への恋心の断念）は難しいと思っているので、このように、心の内で考えていること（前斎宮の入内）については、誰にも言わない。

故六条御息所の法要などの仏事を、格別に執り行わせる。源氏の君の有難いまでの心配りに、宮人達（前斎宮に仕える人々）は、皆で喜びあっている。

〈読者として……入内の意向が世間に知られてからの懸想［恋い慕うこと］は、帝への冒瀆《ぼうとく》を意味します。源氏の執着心と保身に卑劣《ひれつ》さを感じるとともに、源氏の内心の企《たくら》みを知らずに、有難さを感じている周囲の人々の心理描写には、紫式部の眼［視点］の鋭さを感じます〉

［一四］

虚《むな》しくも、月日が過ぎて行くにつれて、前斎宮は、ますます寂しく、心細さは募《つの》るばかりであった。仕《つか》えていた人々も、次第《しだい》に散《ち》り散《ぢ》りに去って行く。六条の邸《やしき》は、下《しも》つ方《かた》（下京《しもぎょう》）の京極《きょうごく》辺りで、人気《ひとけ》も少なく、山寺《やまでら》の入相《いりあい》（夕暮れ時）の勤行《ごんぎょう》の声を聞くにつけても、声をあげて泣くばかりの思いで過ごしている。

同じ母親と言われる立場であっても、故六条御息所は、娘斎宮と片時も離れずにいるのが当たり前で、伊勢への下向の時も、親の付き添う前例のない中での決断であった。

娘斎宮は、伊勢への下向に、母六条御息所を無理に誘ったほどであったのに、限《かぎ》りある道（死出《しで》の旅路《たびじ》）へは、一緒に行くことのできなかったことを、涙の乾《かわ》く間もないほどの悲しみで嘆いている。

六条の邸に仕える女房達は、身分の高い者から低い者まで大勢いる。大臣《おとど》（源氏）が、

源氏「乳母《めのと》であっても、自分の意のままに、前斎宮に男を手引きするようなことがあってはならぬ」

などと、父親のように振る舞って命じるので、源氏のたいそう立派な姿を前にして、乳母達「不都合なことが、お耳に入らぬように」と、言ったり、思ったりしながら戒《いまし》めて、ちょっとした恋の仲立《なかだ》ちも、決して行わないようにしている。

その頃、院（源氏の兄院）においても、斎宮が伊勢に下向したあの日、大極殿《だいごくでん》で執《と》り行《おこな》われた荘厳《そうごん》な儀式で、不吉なまでに美しい容姿であったことを忘れられずにおられた「賢木」［六］。兄院「こちらにお上がり（出仕）下さい。斎院（院の妹、女三の宮）「葵」［四］、「賢木」［一四］など姉妹の女宮たちもおられますから、同じような気持ちでお仕えなさい」と、前斎宮や生前の母六条御息所に伝えていた。しかし、六条御息所（生前）「院には、高貴な身分の方々が仕えておられる。その中に、数多くの後見人もいない身の上の娘が出仕したら、どうなることか」と、思い、遠慮していたのである。さらに、院が、たいそう病《やまい》がちであることも、恐ろしく不安であった。

六条御息所（生前）「私が、夫春宮と死別したように、また娘前斎宮が、悲しい思いをすることになったならば」

と、それも気掛かりで、遠慮して過ごしていたのである。

女房達「母君六条御息所が、お亡くなりになってしまい、今となっては、どなたが、前斎宮の宮仕えを、お世話して差し上げられるのか」

と、皆、諦《あきら》めていた。

しかし、兄院は、心を込めて、出仕を所望《しょもう》されているのだった。

［一五］

大臣《おとど》（源氏）は、兄院が、前斎宮の出仕を所望《しょもう》されていると耳にして、

源氏（内心）「兄院の意向を知りながらも裏切り、横取りするのは畏《おそ》れ多《おお》いこと」とは、思うものの、前斎宮の容姿があまりにも可愛らしいので、このまま手放すのは、やはり悔しい。入道の宮（藤壺）に、相談することにした。

（読者として……源氏は、藤壺に、前斎宮の帝への入内《じゅだい》を提案します。帝は、藤壺と源氏の秘事の罪の息子です）

源氏「このような事（兄院から前斎宮への出仕の所望）がございまして、私は、頭を痛めております。故六条御息所は、たいそう堂々として、思慮深《しりょぶか》い方でした。それにも拘《かかわ》らず、私のどうにもならぬ色好みの性分のせいで、とんでもない浮名《うきな》を流し、私を薄情な男と思ったまま、亡くなられてしまいました。たいそう気の毒なことをしたと思っております。この世において、私との間柄についての恨みを晴らすことなく亡くなってしまわれましたが、臨終《りんじゅう》の際、娘の前斎宮について、私に後見を託され、私も、しっかり心に受け止めました。六条御息所が、心《こころ》

残《のこ》りなく旅立つために、あのように最後には、私に託すと決めて下さったことを思うと、忍び難くなります。私は、大方《おおかた》、人との関係について、気の毒に思うことは、見過《みす》ごせぬ性分でございます。故六条御息所には、草葉《くさば》の陰《かげ》であっても、どうにかして、恨みを忘れて頂きたいと、今でも思っております。

内裏《うち》（帝）にも、成長されて大人らしくなっておられますが、まだ幼い年齢です。少しは物事の分別のある方（前斎宮）が、お傍に仕えてもよろしいのではないかと思っております。ご判断いただきたく」

などと、話をすると、

藤壺「たいそう良い考えを思いつかれました。院（兄院）から所望されていることを思えば、確かに、畏れ多いことで、気の毒ではありますが、故六条御息所の御遺言を口実《こうじつ》にして、知らぬ顔をして、前斎宮を入内おさせになれば良いですよ。院は、譲位をされて、今では、女方については特に執心《しゅうしん》されず、仏道の勤行を熱心にされておられます。前斎宮の入内をご報告しても、それほど深く気に留められることはないと存じます」

源氏「それでは、帝への入内のご意向が示《しめ》され、人数《ひとかず》に加えて頂けるということで、前斎宮にも、その旨、私が口添えしてお伝え致しましょう。前斎宮の後見人として、あれやこれやと考え尽くし、このような心積もりを、ありのままにご相談させて頂きました。世間の人々が、どのような噂をするかと、それぱかりは気掛かりでおります」

などと、話をしながらも、一方では、
源氏（内心）「前斎宮が入内をされた後には、それこそ本当に知らぬ顔をして、我が邸《やしき》二条院に、お連れしてしまおう」

と、企《たくら》んでいる。

（読者として……藤壺は、源氏の内心の企みを知りません。しかし、「院に畏れ多いこと」と言いながらも、現実には、帝の身を案ずる母として、源氏と結託《けったく》しています。実際のところ、藤壺と源氏は、帝にとって実の両親です。前斎宮は入内して、後に秋好中宮《あきこのむちゅうぐう》となります）

源氏は、女君（紫の上）にも、
源氏「このようになる（二条院を里邸にして前斎宮が源氏の養女として帝に入内する）と思います。前斎宮の話し相手となって過ごして頂ければ、丁度《ちょうど》、お年頃も同じほどですから、良いお付き合いができるでしょう」
と、話して聞かせる。紫の上は、嬉しいことに思い、前斎宮が二条院に移られるための準備に取り掛かる。

（読者として……帝への前斎宮の入内は、源氏が執着心を捨てきれず、策略を巡らした結果です。しかし紫の上は、源氏の内心の企みを知るはずもなく、純真な心で喜び、祝いの準備をしています。源氏が、嘘の言葉で、巧みに紫の上の善良な心を利用する構図は、今後、明石女児を京の都に呼び寄せて養育する際にも見られます。紫の上が、常に誠実な心で人生を歩み、露の涙を流しながらも、徐々に源氏の下心に気が付き、果《は》てには自尊心を得て、この世を旅立つまでの道のりこそが、この物語を読む醍醐味《だいごみ》です）

入道の宮（藤壺）は、兄兵部卿宮が、「姫君（娘）をいつかは入内させたい」と願いながら、大切に世話をして躍起《やっき》になっている一方で、大臣（源氏）とは不仲であることを気にしていた。藤壺（内心）「源氏の君は、兄兵部卿宮に、今後、どのような態度をとられるのだろうか」と、心配になっている。

権中納言《ごんちゅうなごん》（元左大臣の長男）の娘は、既に入内して、弘徽殿女御《こきでんのにょうご》と呼ばれていた。祖父大殿《おおとの》（元左大臣、現太政大臣）の養女となって入内したので、立派な後ろ盾《うしだて》により、たいそう大切に扱われている。帝も良い遊び相手として思っておられる。

藤壺「兄兵部卿宮の中の君（次女。大君［長女］は異母姉紫の上）も、帝とは同じ年頃ですから、入内したとしても、情けなくも、雛遊《ひなあそ》び（人形遊び）のような気持ちになりそうです。大人びた前斎宮が入内して、帝の後見《うしろみ》（お世話役）となるお話は、本当に嬉しいことです」と、源氏には思いのままに話をして、一方で、帝にもそれとなくお伝えしている。

大臣（源氏）は、万事、抜《ぬ》かりの無い人で、公事《おおやけごと》の後見はもちろんのこと、明け暮れ、日常の事についても、細やかな気配りをするので、藤壺は、たいそうしみじみと嬉しく、頼りにもしている。病《やまい》は重くなるばかりで、宮中に参内しても、帝と心穏やかに過ごすことは難しくなっていた。少し大人びた方が入内して、帝に付き添う後見人となることは、まさに必要に迫《せま》られたことであった。

（読者として……この頃、源氏は二十九歳、藤壺は三十四歳、紫の上は二十一歳、帝は十一歳、弘徽殿女御は十二歳、前斎宮は二十歳です）

十五　蓬生《よもぎう》

［一］

源氏が京の都を退去し、須磨《すま》で藻塩《もしお》たれつつ（涙を流して）、零落《おちぶ》れて過ごしていた頃のことである。京の都では、源氏の君を心配し、様々、悲嘆している人々が多かった。中でも、源氏を暮らしの拠《よりどころ》としていた者は、一筋《ひとすじ》に恋い慕《した》う思いから、苦しそうな有様であった。

二条の上《うえ》（紫の上）なども、穏やかに振る舞いながらも、源氏が旅先の暮らしで心細い思いをしないようにと手紙を送り、また、官位を失っている源氏のために、仮初《かりそめ》の装束を、「竹の子の世のうき節《ふし》（竹の子の節のように辛い憂《う》き節の多いこの世）」の折々に合わせて新調《しんちょう》し、送り届けていた。

〈紫の上は、源氏の世話をすることで、不安な気持ちを慰《なぐさ》めていたのだろう〉

他方、源氏との仲を世間に知られることなく終わり、出立《しゅったつ》の際の様子も、自らは無縁の者として、遠くから思いを馳せるだけであった女方の中にも、心の中で、あれこれ思い悩んでいる者は多いのだった。

（読者として……「蓬生《よもぎう》」「関屋《せきや》」の巻は、「須磨《すま》」「明石《あかし》」「澪標《みおつくし》」の巻と時期が重なっています。

「蓬生」の巻は、須磨にやって来た源氏の心情と、京の都で源氏の身を心配する人々の描写から始まりました。当時、物語を読み、また、聞いた人々は、『古今和歌集』の歌を連想したと想像されます。「わくらばに問ふ人あらば須磨の浦に藻塩《もしお》たれつつわぶと答へよ［在原行平］」。

この巻の物語は、源氏と末摘花《すえつむはな》の関係を中心に展開します）

［二］

常陸宮《ひたちのみや》の君（末摘花《すえつむはな》）は、父宮の亡くなった悲しみの名残《なごり》も尽きず、その上、世話をする人もいない身の上で、たいそう心細い有様であった。そこへ、思いも寄らぬ事が起こった。源氏が、絶えず、末摘花の暮らしの世話をするようになったのである。威勢《いせい》を振《ふ》るう源氏にとっては、

源氏（内心）「たいしたことではない。ほんのちょっとした、情《なさ》けぐらいのものである」

と、思っていたが、待ち受ける末摘花にとっては、自《みずか》らの袂《たもと》は狭《せま》く、身に余《あま》るものであった「末摘花」［一五］。

末摘花（内心）「大空の星の光を、盥《たらい》（洗面器）の水に映《うつ》して見るような心地」

と、思いながら過ごしていた。

しかし、そのうちに、あの世間を揺《ゆ》るがす騒《さわ》ぎ（源氏の京の都退去）が起こったのである。源氏は、この世のすべてが嫌になり、思い乱れているうちに、特に深い付き合いではなかった女方への気遣いは、すっかり忘れてしまっていた。須磨の地にやって来た後も、わざわざ便りをすることはなかった。

末摘花は、源氏の君の名残を思うと、暫《しばら》く、泣きながら過ごしていた。年月が経つにつれて、

ますます、気の毒なほど心寂しい身の上となっているのだった。

昔から仕えている古女房達などは、

古女房達「まったくもう、姫君（末摘花）は、なんて残念な宿世《すくせ》なのでしょう。思い掛けず、まるで神仏が現れたかのように、源氏の君が心遣いを寄せて下さり、『このようなご縁も、人生にはあるのだ』と滅多《めった》にない幸いを喜んでおりましたのに、この世の現実とは言え、再び、姫君は、頼れる方のいない有様となってしまって、悲しくてなりません」

と、つぶやきながら悲嘆している。

〈昔、あのように、生活の困窮《こんきゅう》に慣れていた頃は、言っても仕方のない辛さを、当《あた》り前《まえ》に思いながら過ごしていた。しかし、源氏の援助を受けるようになってからは、少なからず世間並みの暮らしに慣れて年月を送っていたので、却《かえ》って、貧しさに耐えることができなくなり、思い嘆いているのだろう〉

源氏の庇護《ひご》を受けている頃は、常陸宮邸にも、それなりに少しは器量のある者が、いつの間にかやって来て女房として仕えていた。しかし今では、皆、次々と合わせるかのように去って行ってしまった。古女房の中には、命の尽《つ》き果《は》てる者もいて、月日の経つにつれて、身分の上《かみ》下《しも》に拘《かかわ》らず、邸の中の人の数は少なくなっていた。

［三］

常陸宮邸《ひたちのみや》（末摘花の住まい）は、もともと荒れ果てていたが、今ではすっかり狐《きつね》の住処《すみか》となっている。気味の悪い遠く離れた木立《こだち》から、梟《ふくろう》の鳴き声が朝夕聞こえてくるのにも、耳慣れてしまうほどである。人の気配があれば、そのような怪《あや》しいものは遮《さえぎ》られて、影《かげ》（物の形）を隠《かく》すのであろうが、今では、木霊《こだま》（樹木の精霊）などの異様なものが勢いづいて、得意気《とくいげ》に姿形《すがたかたち》を現し、何とも侘《わび》しいことばかりが数多《あまた》起こる有様である。たまたま残って仕えている女房が、

女房「もはや、耐えられません。これまで受領《ずりょう》の身分で財を蓄えた者が、風情《ふぜい》のある家造《いえづく》りを好んで、邸の木立を気に入《こ》って、『姫君（末摘花）に手放して頂けるように』と伝《つて》を求めてやって来て、取り次ぎを請うております。そのようにされてはいかがですか。これほどまで恐ろしくはない住まいに、お移りになることをお考え下さい。このままでは、居残《いのこ》って仕えている女房達も、まったく我慢することができません」

などと、言う。すると、

末摘花「まあ、なんて酷《ひど》いことを言うのですか。世間体《せけんてい》というものがあります。私の生きている間に、そのようなことをして、常陸宮の名残《なごり》を失うことなど、どうしてできるでしょう。こ

のように気味悪く荒れ果ててしまっていますが、親の御影《みかげ》が留《とど》まっていると思えばこそ、古い住処にも慰《なぐさ》みを感じるのです」

と、泣きながら話をして、手放すことなど思いもしていない。

調度品《ちょうどひん》の数々も、たいそう古風《こふう》である。使《つか》い馴《な》らしたものばかりであるが、昔の様式で端正《たんせい》に作られていた。

何となく物の風情について知りたいと思う者が、まさにそのような品々を欲しがっていた。ある時、「故常陸宮が、生前、当時の名工《めいこう》の誰彼《だれかれ》に、わざわざ作らせたようだ」と耳にして、取り次ぎを請うて来た。心の中では、「こんな貧しい邸《やしき》に何があるものか」と見くびって言い寄って来ていたのであるが、例によって、女房達は、

女房達「いかが致しましょう。暮らしのために手放す話は、世の常で」

と、言って、目立たぬように品々を選んだりしている。今日や明日の目先《めさき》の暮らしの苦しさでさえも、不体裁《ふていさい》を取《と》り繕《つくろ》う時もあるのに、末摘花は、たいそうきつく諌《いさ》めて、

末摘花「故父常陸宮が、私に見せたいと思われて、このように作らせた品々ですよ。どうして、軽々しい身分の者の家の飾《かざ》りにさせることができるでしょう。亡き人の思いに背《そむ》くことは、悲しく寂しいことです」

と、言って、調度品を手放すことは、決してお許しにならない。

姫君（末摘花）は、ほんの些細《ささい》な用事でさえも、訪れる者のいない身の上であった。ただ、兄の禅師《ぜんじ》の君《きみ》だけは、稀《まれ》に、京の都に出て来た際、ちょっと立ち寄って顔を出した。それでも、この禅師の君も、世にまたとないほど古めかしい人で、同じ法師と言われる人々の中でも、頼《たよ》り所《どころ》もなく出家して、俗世《ぞくせ》を離れた聖《ひじり》なので、邸内に生い茂っている蓬《よもぎ》さえも、取り払ってやろうとは、思い付きもしないのだった。

このような有様で過ごしているうちに、常陸宮邸は、浅茅《あさじ》が庭一面に生い茂り、蓬も勢いよく、軒《のき》を争って高く伸びている。葎《むぐら》（蔓草《つるくさ》の総称）が、西と東の門に巻き付いて、家人《いえびと》を閉じ込めている様は、戸締《とじま》りをしているようにも見えて頼もしくも思うが、崩《くず》れの目立つ家周《いえまわ》りの垣《かき》（土塀《どべい》）を、馬や牛などが踏み固めて道となり、春や夏になると、放《はな》し飼《が》いの世話をする総角《あげまき》（子供の髪型、髪を左右に分けて耳の上で輪《わ》を作り束《たば》ねたもの）の子供まで歩いている様子には、目の覚めるような驚く光景である。

八月、野分《のわき》（台風《たいふう》）の激しく吹き荒れた年、邸《やしき》の廊《ろう》（建物をつなぐ渡り廊下）は倒《たお》れ伏《ふ》し、下《しも》の屋《や》（召使の住む家）などの薄い板葺《いたぶ》きの建物も、骨組《ほねぐ》みが、わずかに残っているだけであった。邸に留《とど》まって、下仕《しもづか》えする者さえもいなくなってしまう。

炊事《すいじ》の煙も絶えて、気の毒なほど、辛いことばかりの姫君（末摘花）であった。盗人《ぬすびと》などの情《なさ》け容赦《ようしゃ》のない者も、想像したところで貧しい暮《く》らし振《ぶ》りであるからか、この常陸宮邸には、「用がない」と素通《すどお》りして、近寄りもしない。

このように、草に覆《おお》われた邸ではあるものの、それでもやはり、寝殿の中ばかりは、昔からの調度品が変わらずに置かれている。綺麗《きれい》に掃除《そうじ》する人もいないので、塵《ちり》は積《つ》もっているが、雑然としたところもなく、麗《うるわ》しい（きちんとした乱れの無い）住まいである。姫君は、このような邸の中で、日々を過ごしているのだった。

［四］

〈ちょっとした古歌《ふるうた》や物語などの遊《すさ》び事《ごと》（慰み事）によってこそ、人は物思いを紛《まぎ》らわし、このような寂しい住まいでの暮らしも、慰められるものだろう。しかし、姫君（末摘花）には、そのような趣味もないのだった〉

特に風流に振る舞わずとも、たまには、急ぎの用事ではなく、気心の知れた人と文《ふみ》を通《かよ》わせるなどして、若い人ならば、木や草の風情を和歌にして、心を慰めるものである。しかし、姫君は、父宮に大切に育てられたので、その教えをしっかりと守っている。世の中とは、用心すべきものに思い、時には言葉を交わす人があっても、決して馴《な》れ親しむことはない。古びた御厨子《みずし》（置き戸棚）を開けて、『唐守《からもり》』『藐姑射刀自《はこやとじ》』『かぐや姫』など、物語を絵に描いたものを、時々、弄《もてあそ》び物《もの》（心を慰めるもの）にしている。

古歌についても、本来は、風情のあるものを選び出し、題詞《だいし》（詞書《ことばがき》）も詠《よ》み人《びと》も、はっきりと書かれてあって、意味の分かるものこそ、見る価値があるというものである。しかし姫君は、麗《うるわ》しい（格式ばった）紙屋紙《かんやがみ》や陸奥国紙《みちのくにがみ》などの毛羽立《けばだ》ったものに、いくつもの古歌がまったく魅力もなく書かれたものを、どうしても見たいと思う時には広げて、眺めている。

今の世の人々が、「心の安らぐ」という読経《どきょう》や勤行《ごんぎょう》などというものにも、姫君は、まったく恥ずかしいことに思い、見ている人がいる訳でもないが、数珠《じゅず》などを手にすることもない。このように、麗しく（律義に）暮らしている方なのであった。

（読者として……末摘花の人柄や生活の様子を表す言葉として、「麗《うるわ》し」が度々使われていました。古語辞典によると、「壮麗だ、立派で美しい、容姿が整っていて美しい、乱れた所がなくきちんとしている、心が誠実である、律義である、格式ばっている、正しい、本物である」など、ほめ言葉として説明されています。末摘花が女房達から、「心美しきこそ」と教え諭されていた場面を思い起こします「末摘花」［一三］。

物語を俯瞰《ふかん》すると、源氏と末摘花は、外見と内心が真逆の人物像に設定されています。筆者紫式部は、源氏と極端に対照的な末摘花を登場させることで、人間の外見と内心の評価について、「どちらが誠実な生き方であり、心は美しいのか」と、読者に問い掛けているように感じます［参考『紫式部の眼』第二章④］）

［五］

侍従《じじゅう》などと呼ばれている乳母子《めのとご》「末摘花」［一三］だけは、長年、末摘花から離れずに仕えていた。しかし、通《かよ》いで別に仕えていた斎院《さいいん》（系統不明）が亡くなると、生活はたいそう厳しくなって、心細い思いをしていた。

この姫君（末摘花）の故母北の方の妹（叔母）が、身分を落として受領《ずりょう》の北の方になり、何人もの娘を育てていた。常陸宮邸の若い女房達の中には、「まったく見知らぬ所に仕えるよりは、自分達の親も出入りしていた方であるから」と、時々、通っていた。侍従もそのうちの一人であった。

姫君（末摘花）は、あのように人見知りの性格なので、この叔母とも、親しく付き合うことはなかった。

（読者として……「北の方」は、貴人の妻の敬称で、正妻を表しています）

叔母「姉君（末摘花の母）は、私の身分を蔑《さげす》み、不名誉に思っていたのだから、姫君（末摘花）

の暮らしが苦しそうでも、見舞いなんてするものか」

などと、何とも憎々しい言葉を、侍従に言って聞かせながら、時々、姫君にも手紙に書いて伝えているのだった。


もともと、生まれながらにして身分が並の人ならば、却って、身分が高い人の真似《まね》をしようと取り繕《とつくろ》い、気位《きぐらい》を高く持つことが多いものである。しかし、姉（末摘花の母）が親王に嫁《とつ》ぐほどの高い家柄であったのに、自らは受領の北の方となり、身分を落とす宿世であったからか、人柄に少し卑《いや》しさのある叔母であった。

叔母（内心）「私は、このような身分の劣り様を、見くびられて来たのだから、どうにかして、この常陸宮の衰退を機《き》に、この君（末摘花）を、我が娘達の召使《めしつかい》にしたいものだ。性格などは、古臭い人ではあるけれども、気兼《きが》ねのいらぬ後見《うしろみ》（世話役）にはなるだろう」

と、思い、
叔母（手紙）「時々は、こちらにもお越しくださいませ。貴女《あなた》の琴の音を聞きたいと、楽しみにしている娘達（末摘花の従妹《いとこ》）もおりますから」

と、穏《おだ》やかな言葉の便りをして、姫君（末摘花）を誘い出そうとしている。

あの侍従も、いつも叔母からの言葉を伝えて、訪問を勧《すす》めてみるが、姫君には張り合う気持ちも無く、ただ、甚《はなは》だ遠慮深い性格であるがゆえに、まったく親しく付き合うことはなかった。

叔母（内心）「忌々《いまいま》しいこと」

と、思っていた。

［六］

こうしているうちに、あの叔母の夫が大弐《だいに》（大宰大弐《だざいのだいに》）に就《つ》いた。娘達を縁づかせてから下向《げこう》しようとしている。依然として、この君（末摘花）を一緒に連れて行きたいと強く思っている。

叔母「遠い任国《にんごく》（太宰府《だざいふ》）に、この度《たび》、下向することになりました。貴女《あなた》（末摘花）の心細い暮らし振りに、これまで、いつも見舞っていたわけではありませんが、近くに暮らしていることで安心しておりました。しかし、これからは、たいそう心配で、気掛かりでなりません」

などと、言葉巧《ことばたく》みに誘《さそ》っている。しかし、末摘花は、まったく承知しない。

叔母（内心）「ああ、憎《にく》たらしい。なんて強情《ごうじょう》な人。自分一人だけで気位《きぐらい》を高くしていても、あのような藪《やぶ》の中の邸で長年暮らしているような人を、大将殿（源氏）が大切に思うわけがない」

などと、恨みがましく他人の不幸を祈り、呪《のろ》っている。

そのような頃、まさに、源氏が世の中（世間）に赦免《しゃめん》されて、須磨を経《へ》て、明石から京の都に帰って来た。天《あめ》の下《した》（世の中、地上のすべて）は、慶事として大騒ぎである。

人々「我こそは、どうにかして人より先に、源氏の君への忠誠をご覧いただきたい」と、それぱかりを思い、男も女も競い合っている。源氏は、身分の高い低いに拘《かかわ》らず、人の心を見るにつけ、しみじみと思い知ることは様々であった。このように、慌《あわただ》しく過ごしているうちに、末摘花を思い出すことは、まったくないまま、月日は経っていった。

末摘花（内心）「もはや、これまでだわ。何年もの間、京の都を退去されて、源氏の君にとっては有り得ない境遇で、悲しくも恐ろしくも思いながら、『萌《も》え出《い》づる春（芽吹《めぶ》きの早春）にはお会いしたい』と祈り続きてきたけれど、小石《こいし》や瓦《かわら》のように取るに足らぬ者まで、源氏の君の帰京や昇進を喜んでいるのに、私は他人事《ひとごと》として耳にするばかり。京の都を離れて行かれた時の悲しさは、ただ私一人が抱《いだ》いているのだと思っていたのに、なんて、つまらぬ間柄だったのかしら」

と、思うと、気落ちして、辛く悲しく、人知れず声を出して泣くばかりであった。

大弐の北の方（末摘花の叔母）は、

叔母（内心）「それ見たことか。どうして、これほど体裁《ていさい》の悪い姫君（末摘花）を、人並《ひとなみ》の女方として扱う人がいるものか。仏《ほとけ》や聖《ひじり》も、罪の軽い人をこそ導いて救うものではないか。姫君は、こんなにも強情で、世間を見下《みくだ》し、父宮や母上の生前のままの気持ちでいる傲慢《ごうまん》さこそ、気の毒なこと」

と、ますます、姫君を馬鹿にして、

叔母「やはり、決心したらどうですか。『世のうき時は見えぬ山路《やまじ》をこそは尋ぬ』と古歌にもあるようです。辛い時こそ山路を行くものです。田舎《いなか》などは気味が悪いと思うかもしれませんが、決して、体裁の悪いようには致しませんから」

などと、言葉巧みに言うので、何も分からず、塞《ふさ》ぎ込《こ》んでいる女房達は、

女房達「叔母様のお言葉通りに、太宰府《だざいふ》へ従って行かれたら良いのに。たいしたこともなさそうな身の上でおられるのに、何を思って、このように意地を通されるのでしょう」

と、ぶつぶつと、悪口を言っている。

侍従《じじゅう》は、あの大弐《だいに》（叔母《おば》の夫）の甥《おい》か何かに当たる男と語り合う仲となっていた。男が、侍従を京の都に残して、太宰府へ行くはずはなく、侍従も思い掛けず出立することになった。

侍従「姫君（末摘花）を後《あと》に残して旅立つのは、たいそう心配でなりません」

と、言って、下向《げこう》を勧《すす》めるが、姫君は、依然として、これほど縁遠いままに、長い年月の経ってしまった人（源氏）であっても、頼りに思っているのだった。

末摘花（内心）「さりとも（いくらなんでも）、この世に生き長らえていれば、源氏の君が、私を思い出さないはずはない。しみじみと愛情深い言葉で、約束をされたのだから。我が身は憂鬱《ゆううつ》な思いで、このように忘れられていくけれども、風の伝《つ》て（便り）にでも、私の苦しい有様を耳にされたならば、必ずや、見舞いに来て下さるだろう」

と、何年にもわたり、思い続けていたのである。住まいの大部分は、以前よりも、いっそう、驚くほど荒れ果ててしまっているが、自分の意志をしっかりと持ち、ちょっとした調度品なども、うっかり失くさぬようにさせて、辛抱強く、これまで同様に、耐え忍びながら暮らしているのだった。

〈末摘花は、声を上げて泣いてばかりである。ひどく落ち込んでいる様子は、まるで山で暮らす人が、赤い木の実を一つ、顔に付けているかのような横顔（鼻の頭が赤い）に見えるわね。でも、はっきり事情を知りもしない者が、その様子を見て、悪口を言ったりして、評価を下《くだ》すべきではないわね。筆者の私も詳《くわ》しくは言わないことにするわ。可哀想で、私の方が意地悪《いじわる》な人になってしまうから〉

（読者として……末摘花は、ひたすら源氏の愛情深い言葉の約束を信じて待っています。源氏は、言葉巧みに、何と語り掛けたのか。詳述はありませんが、気になります）

［七］

冬になるにつれて、末摘花は、ますます頼りにする人もなく、悲しそうに、物思いに耽《ふけ》りながら、ぼんやりと過ごしている。

かの殿《との》（源氏の邸）では、故父院の追善供養《ついぜんくよう》の御八講《みはっこう》を、世の中が大騒ぎとなるほど盛大に催している「澪標」［二］。特に僧侶などは、並の者は呼ばず、学識が豊かで、修行に熱心な高《こう》僧《そう》ばかりを選んでいた。あの禅師《ぜんじ》の君《きみ》（末摘花の兄）も、参上していた。その兄が、帰り掛けに末摘花の邸に立ち寄った。

禅師の君「このような次第で。権大納言殿（源氏）の御八講に参上しておりました。たいそう尊く、本当の極楽浄土に劣ることのないほどに荘厳で、趣向《しゅこう》の限りを尽くしておられました。源氏の君は、仏、菩薩《ぼさつ》の変化《へんげ》の身（権化《ごんげ》）であられるのでしょう。五つの濁《にご》り深き世（末世の時代の五つの汚濁《おだく》）に、どうして、このように素晴らしい方がお生まれになったのでしょうか」

と、話をすると、そのまま、直《す》ぐに帰ってしまった。口数の少ない、世間でも珍しい兄と妹の仲で、ちょっとした世間話すらもしないのだった。

末摘花（内心）「それにしても、これほど不幸な身の上である私を、寂しく心細い思いにさせたまま過ごされているとは、源氏の君は、情けない仏、菩薩であることよ」

と、恨めしく思いながら、

末摘花（内心）「いかにも、源氏の君とのご縁は、これまでなのだろう」

と、だんだん思うようになっていた。そこへ、大弐《だいに》の北の方（叔母）が突然やって来た。

いつもは、それほど親しくしてもいないのに、下向《げこう》に誘い出す魂胆《こんたん》から、末摘花に差し上げようと装束などを調《ととの》えて、立派な車に乗ってやって来たのである。顔の表情は得意気で、悩み事など無いような様子である。

（読者として……大宰大弐は、最上の地方官とされています。叔母は、羽振《はぶ》りの良さを誇示《こじ》しています。古来、官庁は「大宰府」、地名は「太宰府」と書き分ける習慣があります）

出し抜けに車を走らせてやって来たのだが、門を開けさせて中を見ると、邸内は、みっともないほどに荒れ果てて、侘《わび》しさはこの上ない有様である。門の左右の扉《とびら》も、すっかり、よろよろと倒れてしまっている。供人の男達が手助けをして、どうにか開けるのにも大騒ぎであった。

叔母「どこかしら。この侘しい邸にも、必ず『三つの径《みち》』はあるはずだけれども」

と、故事を思い浮かべながら、迷いつつ、邸内に入って行く。

やっとのことで、南面《みなみおもて》（建物の正面）の格子《こうし》を上げている一間《ひとま》（部屋）の前に、車を寄せることができた。

末摘花（内心）「まったく、困ったこと」

と、思っているが、驚くほど煤《すす》で黒くなった几帳《きちょう》を差し出し、応対には、侍従が出て来た。侍従の顔立ちは、すっかり窶《やつ》れてしまっていた。長年の苦労で、痩《や》せ衰《おとろ》えてしまっているが、それでも、やはり、さっぱりとした美しい風情のある人だった。

〈畏《おそ》れ多《おお》いことではあるが、姫君（末摘花）と侍従を、取り替えてしまった方が良さそうにも思われる〉

叔母「いよいよ、太宰府へ旅立とうと思いながらも、貴女の気の毒な有様には、見捨て難《がた》い思いでして。今日は、侍従の迎えにやって参りました。貴女は、私を情けなく思って、心に隔てを作り、ご自分からお越しになることも、まったくありませんでした。この侍従だけは、せめて下向をお許し下さいませ。どうして、これほど哀れな有様なのに、下向されないのか」

と、言っている。

〈本来ならば、ほんの少しでも、涙を流して泣く場面だろう。しかし、これから赴《おもむ》く任国の地へ

の旅路に思いを馳《は》せて、たいそうご機嫌《きげん》な様子であった〉

叔母「故常陸宮は、生前、私のことを『面《おも》ぶせなり』と言われて、不名誉な者として、お見捨てになられました。それで、こちらとは疎遠《そえん》の仲になってしまいましたが、長い年月、私の方は、どうしてそれを望むことがあったでしょう。姫君（末摘花）が高貴な身分として気位を高く持ち、大将殿（源氏）なども通われる幸運の宿世に、畏れ多く感じて、親しくお近づきすることも、ご遠慮して過ごしておりました。世の中とは、このように定めないもの（無常）ですから、人数《ひとかず》にも入らぬ身分の者は、却《かえ》って気楽なものでございます。及びもつかぬと思っておりました姫君の身の上が、今では、たいそう悲しいほどに心配なご様子なので、近くに暮らしていれば、疎遠であっても心丈夫《こころじょうぶ》にしておりましたが、このように、遥か遠くの太宰府へ行くとなると、気掛かりで、心配になるばかりでございます」

などと、親《した》しそうに下向を説得しても、姫君が気を許して返事をすることはない。

末摘花「本当に嬉しいお言葉ではありますが、私は、世間離れした性格で、どうして、そのような遠国《えんごく》へ行くことができるでしょう。このまま、ここで、朽《く》ち果《は》てて死ぬまでのことだと思っております」

と、それだけを言う。

叔母「確かに、そのようにお考えになるのも当然ですが、この世で生きる身を捨ててまで、このように不気味な住まいで暮らす人はいないのではないでしょうか。大将殿（源氏）が、手を加えて美しく飾り立てて下されば、打って変わって、玉の台《たまのうてな》（玉のように美しい立派な御殿）に変わるかもしれないと期待はしますが、ただ今のところ、式部卿宮（兵部卿宮の誤りか疑問）の御娘（紫の上）の他には、心を向ける女方はいないようですよ。昔から好色めいた性格でおられましたが、本気ではない忍び歩きで通っていた女方達からは、すっかり心も離れてしまったご様子です。言うまでもなく、このように頼りない有様では、藪原《やぶはら》の中の邸で暮らしている人（末摘花）に、『よく清らかな心で、私（源氏）を頼りにして待っていてくれた』などと言って、尋ねて来られるなんてこと、まったくあり得ないです」

などと、言って聞かせるので、

末摘花（内心）「それは、その通り」

と、思うと、悲しくてたまらず、しみじみと泣いてしまう。

それでも、姫君（末摘花）の気持ちが変わることはない。叔母は、どのように説得すれば良

いのか分からなくなって、
叔母「それならば、侍従だけでも」
と、言って、日も暮れそうなので、帰りを急ぐ。侍従は心が落ち着かず、泣きながら、
侍従「では、とりあえず今日のところは。これほど言われるのですから、お見送りだけのつもりで参りましょう。叔母君の言われていることは、ごもっともです。一方で、姫君（末摘花）が悩んでおられるのも、ごもっともなことですから、私は、お二人の間に挟《はさ》まれて、見ているだけでも辛いのです」
と、姫君に、こっそりと言う。
末摘花（内心）「この人（侍従）までもが、私を見捨てて行ってしまうのか」
と、恨めしくも悲しくも思うが、引き留《とど》める術《すべ》もなく、たいそう大きな声を上げて、泣くばかりであった。

形見《かたみ》として渡すべき身馴《みな》れ衣《ごろも》（普段着）は、汚《よご》れて垢《あか》じみてしまっている。長年の奉公《ほうこう》の証《あかし》として渡せるものも無く、自分（末摘花）の髪の毛の落ちていたものを取り集めて鬘《かずら》（かつら）にしたものが、九尺余りのたいそう美しいもので、それを風情のある箱に入れて、昔の薫衣香《くのえこう》（衣服に焚《た》き染《し》める香）で、とても香りの良いものを、一壺《ひとつぼ》添えて渡した。

末摘花「たゆまじき筋を頼みし玉かづら思ひのほかにかけ離《はな》れぬる
（絶えることはない間柄であると、頼りにしていた玉かずら［侍従］ですのに、思いも掛けず、離れて行ってしまうのですね）
故《こ》まま（末摘花の乳母、侍従の母親。侍従は乳母子《めのとご》）の言い残しておかれたこともあったので、このように、私が腑甲斐無《ふがいな》い身であっても、あなたは、いつまでも、傍《そば》にいてくれると思っていました。見捨てられるのも当然の有様ですが、私のことを、誰に任せるつもりかと思うと、恨めしくてなりません」
と、言って、激しく泣いてしまう。侍従も、何も言えなくなってしまう。
侍従「ままの遺言は、改めて申し上げるまでもありません。長年、耐え難いこの世の憂《う》れいを味わってきましたが、このように思い掛けない旅路に誘われて、遥《はる》か遠くの国へ、さ迷って行くことになりました」
と、言って、
侍従「玉かづら絶えてもやまじ行《ゆ》く道のたむけの神もかけて誓はむ
（玉かずらが絶えるように、お別れしても、私の姫君を思う気持ちは絶えません。旅の道中、た

むけの神［旅の安全を祈る道祖神《どうそじん》］に願を掛けて、お誓いしましょう）
私の命については分《わ》かり兼《か》ねますが」
などと、言っていると、
叔母「さあさあ、どうしました。暗くなってきました」
と、ぶつぶつと言っている。侍従は、心も空（上《うわ》の空）のまま引っ張り出されたので、振り返り振り返りしていた。

長年、貧しい暮らしの中でも、離れることなく傍にいてくれた人（侍従）が、このように遠く離れて行ってしまい、姫君（末摘花）は、たいそう心細く思っていた。何の役にも立ちそうにない老女房までもが、
老女房「まったく、当然のことですよ。どうして侍従は、これまで居残っていたのでしょう。我らも、もう辛抱し切れないですよ」
と、言って、それぞれ自分の身内など、頼れる先を思い浮かべながら、
老女房（内心）「ここには、もはや留《とど》まっていられない」
と、思っている様子である。
姫君は、体裁悪く、聞いていた。

［八］

霜月《しもつき》（十一月）頃になり、雪や霰《あられ》の降る日が多くなってきた。他所《よそ》では、消えてしまう間《ま》もあるのに、末摘花の邸《やしき》では、朝日や夕日を遮る蓬《よもぎ》や葎《むぐら》が日陰を作っているので、深く積もったまま、古歌の「越《こし》の白山《しらやま》」を思い浮かべるほどの雪である。その中を出入りする下人《しもびと》さえもいない。姫君（末摘花）は、ぼんやりと外を眺めている。たわい無《な》い話をして慰《なぐさ》めたり、泣いたり笑ったりしながら、気を紛《まぎ》らわしてくれた人（侍従）までもがいなくなってしまい、夜も、塵《ちり》の積《つ》もったような御帳《みちょう》の中で、独《ひと》り寝《ね》の寂しさに、もの悲しい思いをしている。

あちらの二条院では、源氏が、明石の地から、我が子誕生の知らせを受けて、珍しくも女児であることに、たいそう嬉しくて落ち着かない様子である「澪標」［四］。それほど格別に思わぬ女方の所へは、わざわざ訪れることもなくなっている。まして、常陸宮邸の姫君（末摘花）については、源氏（内心）「あの人は、まだこの世に生きておられるのだろうか」と、それくらいは、思い出す折《おり》もあるが、訪ねようと思う気持ちはなく、急《せ》くこともなく過ごしているうちに、年は改まった。

［九］

卯月《うづき》（四月）の頃になって、源氏は、花散里《はなちるさと》を思い出した。対《たい》の上《うえ》（紫の上）に一言《ひとこと》告げると、忍んで出掛けた。

この数日、雨が降り続いていた。名残《なごり》の雨が少し降り掛かる。趣《おもむき》のある空には、月の光が射し出している。源氏は、昔の忍び歩きを思い出す。ほのぼのと美しい夕月夜《ゆうづくよ》で、道々、様々な事を思い出していた。

丁度、その時、形もないほどに荒れ果てた家で、庭の木立《こだち》が生《お》い茂《しげ》り、森のようになっている所を通り過ぎた。大きな松の木にからみついた藤《ふじ》の花が、垂《た》れ下《さ》がるように咲いている。月影《つきかげ》（月の光）に照らされながら、しなやかに揺れて、風が吹くと、さっと匂ってくるのが懐かしく、何とも言えない良い香りである。

花散里の邸へ向かう道中であった。あちらの橘《たちばな》の香《かおり》よりも先に、藤の香を感じた可笑《おか》しさに、車から身を乗り出して眺めてみると、柳の枝も、たいそう長く伸びて垂れ下がり、築地《ついじ》（土塀）は、手入れされずに崩れ落ちていた。

源氏（内心）「見覚えのある木立だな」

と、思うと、それもそのはず、あの常陸宮邸（末摘花の住まい）であった。源氏は、何とも、しみじみとした気持ちになって、車を止めさせた。例によって、惟光《これみつ》が、このような忍び歩きには供人として仕えていた。源氏は、惟光を呼び寄せる。

源氏「ここは、常陸宮邸であったな」

惟光「さようでございます」

と、答える。

源氏「ここにいた人（末摘花）は、今でも当時のまま、ぼんやりと暮らしているのだろうか。見舞うべきであるが、わざわざやって来るのも仰々《ぎょうぎょう》しい。この際、序《つい》でに邸へ入って、訪問を告げよ。先方の様子をよく確かめてから尋ねよ。人違いであったら、みっともないからな」

と、言う。

一方の姫君（末摘花）は、ますます物思いに耽《ふけ》り、ぼんやり過ごしているところだった。昼寝の夢に故父宮を見て、目覚めた後、名残を悲しく思い出し、涙を拭《ぬぐ》いながら、雨漏《あまも》りのしている廂《ひさし》の端《はし》の方を拭《ふ》かせ、あちらこちらの敷物をきちんと直させるなど、いつになく、世間の人並みの気持ちになっていた。

末摘花　**亡《な》き人を恋ふる袂《たもと》のひまなきに荒れたる軒《のき》のしづくさへ添ふ**

（亡くなった父宮を恋しく思い、袂は涙で乾《かわ》く暇もないのに、荒れ果てた軒の雫《しずく》までもが、悲しみを添えることよ）

と、歌を詠むほどに、辛い思いをしているところであった。

［一〇］

惟光は、邸内に入ると、ぐるりと歩き回る。

惟光（内心）「人の物音のする所はないか」

と、思いながら探《さが》すが、全く人の気配《けはい》もない。

惟光（内心）「思った通りだ。通りがかりに、気に留《と》めて見たことはあったが、人の住んでいる様子はなかったからな」

と、思い、源氏の待つ車の方へ戻ろうとしたところ、月が明るく射し出した。目をやると、格子《こう し》を二間《ふたま》ほど上げて、簾《すだれ》が動いているように見える。やっとのことで見つけた気持ちは、不気味にすら思うが、近寄って、声《こわ》づくり（咳払《せきばら》い、訪問の合図）をしてみる。すると、たいそう年老いた声で、相手の方も、まず咳をして、
老女房「そこにいるのは、どなたですか」

と、尋ねてきた。惟光は、名乗《なの》って、
惟光「侍従《じじゅう》の君《きみ》と呼ばれていた人と、対面させて頂きたいのですが」

と、言う。

老女房「その人は、他所《よそ》（太宰府《だざいふ》）へ行かれました。そうではありますが、侍従とは別人と思わずともよい女房（私）はおります」

と、言う。声は、ひどく年老いているが、聞き覚えのある老女房だと分かった。

邸の中では、思いがけず、狩衣《かりぎぬ》姿の男が人目を避けるようにやって来て、物腰も柔らかな様子なので、見慣れぬものを見るような目で、

女房達「もしかしたら、狐などの変化《へんげ》（化《ば》け物《もの》）ではないか」

と、思っている。惟光が、近くに寄って、

惟光「はっきりと、お返事を頂きたく存じます。姫君（末摘花）が、お変わりなくお過ごしならば、源氏の君は、お訪ねしたい気持ちを、今でも常に、お持ちのようですよ。今宵《こよい》も、素通りできず、車をお止めになっています。どのように、お伝え致しましょうか。どうぞご安心を」

と、言うと、女房達は、ほっとして笑顔になった。

女房達「姫君が、お変わりになっているならば、どうして、このような浅茅《あさじ》が原《はら》から出ても行かずに、ここにいるでしょうか。どうぞ、察《さ》っしてお伝え下さい。年老いた女房達も、『これほど苦しい暮らしは、これまでにもなかった』とばかりに、珍しい暮らしを見る思いで過ごしております」

と、少しずつ、ぽつぽつと話し出した。問《と》わず語《がた》り（尋《たず》ねられもしていないのに語り出すこと）が始まりそうで、厄介《やっかい》に思い、

惟光「よいよい。まず、このような様子でおられると、源氏の君に、お伝えしましょう」

と、言って、戻って来た。

［一二］

源氏「どうして、そんなに長くかかったのか。どのような様子であった。昔の面影《おもかげ》も分からぬほど、蓬《よもぎ》が茂っていたのか」

と、言うと、

惟光「これこれ、このような次第《しだい》で、やっとたどり着きました。侍従の故母親の姉妹で、をばの少将と呼ばれている老女房が、昔と変わらぬ声で出てきました」

と、その時の様子を伝える。

源氏（内心）「なんと気の毒な。このような茂みの中で、どのような気持ちで過ごしておられたのだろう。これまで、どうして訪ねてやらなかったのか」

と、自分の薄情さを思い知る。

源氏「どうしたら良いものか。このような忍び歩きは、容易にできるものではない。このような序《つい》でがなければ、立ち寄ることもできないだろう。姫君が、変わらぬ様子であるとは、『なるほど、あの人らしい』と推察できる性格の方であるな」

とは、言いながらも、そのまま邸の中へ入って行くことは、やはり憚《はばか》られる。

源氏（内心）「風情ある手紙を届けたい気持ちにもなるが、お会いした時のまま、口の重さも、依然として変わらぬのならば、使いの惟光が返事を受け取るまで、立って待っているのも、くたびれてしまうだろう。それも気の毒だ」

と、思い止《とど》まった。

惟光「とても、分け入って行くことはできないほどに、蓬は露に濡れています。露を、少し払わせてから、入られる方がよろしいかと」

と、言うと、

源氏　**たづねてもわれこそとはめ道もなく深き蓬のもとの心を**

（探し訪ねてでも、私の方から尋ねよう。道もないほどに、深く蓬の生い茂る中で暮らす姫君の心を思って）

と、独り言を言うと、そのまま車から降りたので、惟光は、源氏の歩く先の草の露を、馬の鞭《むち》を使って払いながら、中にお入れする。雨そそき（催馬楽《さいばら》、雨の中に女を訪ねる一節）を思い浮かべる。やはり、雫《しずく》が、秋の時雨《しぐれ》のように降り掛かってくるので、

惟光「傘がございます。ほんとうに、木《こ》の下《した》の露は、雨にまさるものでございます」

と、言っている。指貫《さしぬき》（袴《はかま》）の裾《すそ》は、ひどく濡れてしまっているようである。

昔でさえも、あるのか無いのか分からぬ有様であった中門《ちゅうもん》などが、もやは形も無くなっていた。源氏は、邸内に入るにつけても、我が身の無徳《むとく》（不様《ぶざま》な恰好《かっこう》）を思うが、傍で立ち会って見ている人もいないのであるから、気楽ではあった。

［一二］

姫君（末摘花）は、「さりとも（いくらなんでも）」「蓬生」［六］と、源氏の君の訪れを待ちながら過ごしていたのであるから、願いが叶い、嬉しい気持ちではあるものの、たいそう恥ずかしい有様に、対面は憚《はばか》られる思いであった。

大弐《だいに》の北の方（叔母）が置いて行った装束の数々は、苦手な叔母の縁《ゆかり》の品であると思うと不愉快で、見る気にもなれなかった。しかし女房達が、香《こう》の入った唐櫃《からびつ》に入れて置いたところ、たいそう心惹《こころひ》かれる香《かお》りに染《し》みていた。女房が差し上げると、どうにも仕方なく思い、着替えをして、あの煤《すす》けた几帳《きちょう》を引き寄せて座った。

源氏は、部屋の中に入る。

源氏「長年、ご無沙汰しておりましたが、その間も、心の中だけは変わらずに、貴女のことを思っておりました。あまりにも、貴女が私に便りを下さらないので、恨めしく思っておりました。それで私も、今まで、意地《いじ》の張《は》り合《あ》いを試《ため》していたのです。古歌にあるような杉《すぎ》ではありませんが、木立《こだち》がはっきりと見えましたので、通り過ぎることもできず、根競《こんくら》べに負けました」

と、言って、帷子《かたびら》（几帳《きちょう》の垂布《たれぬの》）を少し手で除《の》けてみると、例のように、姫君は、遠慮深い様子で座っていたが、直ぐには返事もしない。しかし源氏は、このように草の露を払《はら》い除《の》けながらもやって来たのであるから、思いの程は浅くない。気を取り直して、小さな声で言葉を掛けた。

源氏「このような草の茂みに隠れるように過ごされていた年月を思うと、気の毒でなりません。一方で私の貴女への思いは一途《いちず》ですから、貴女の気持ちを尋ねもしないまま、草を分け入り、露に濡れてやって参りました。そんな私を、どのように思われますか。長年のご無沙汰については、これは、どなたに対しても同じですから、許して下さいますね。今後は、貴女の気持ちに背《そむ》くことがあったならば、約束を破った罪を負いましょう」

などと、言っている。

〈それほど本気には思ってもいないのに、いかにも情愛深く思っているかのように、多くのことを語り掛けたようである〉

源氏は、末摘花の邸で夜を明かそうかとも思うが、邸の様子をはじめとして、見てはいられぬ有様なので、もっともらしい言い訳をして、部屋から出て、帰ろうとしている。

古歌の「ひき植ゑ《うえ》し」ではないが、源氏は、松の木が高くなってしまった年月を思うと心に染みて、夢を見ていたようにも思える我が身のことを、あれこれと思い続けている。

源氏「**藤波《ふぢなみ》のうち過ぎがたく見えつるはまつこそ宿のしるしなりけれ**

(藤の花が風になびき、波のように揺れているのを見て、素通《すどお》りできませんでした。藤のからみついた松の木は、貴女が私を待っているという標《しるし》だったのでしょうか)

数えてみれば、ずいぶん長い年月が経ってしまったようですね。京の都も、変わってしまったことが多くあり、あれこれと身に染みる思いです。そのうちに、またゆっくりと、古歌にある『鄙《ひな》の別れにおとろへし』のように、京の都を離れていた時の物語を、すべて語り尽くしましょう。貴女の方でも、年月を過ごしながら、春秋の暮らしの辛さなどを、私の他に嘆きを言える人はおられないのだろうと、うらもなく(心に隔てなく)思っております。思えば、不思議なご縁です」

などと、言う。

(読者として……「うらもなく」と源氏自身が口にしている姿には、本性との矛盾に面白さを感じます。紫式部の嫌味でしょうか)

末摘花　**年をへてまつしるしなきわが宿を花のたよりにすぎぬばかりか**

（長い年月、松《まつ》のように貴方をお待ちしていましたが、その験《しるし》はありませんでした。我が宿には、藤の花を見たついでに、通《とお》り過《す》ぎることができずに立ち寄られたのでしょうか）

と、歌を詠み、人目につかぬように、少し身動きしている気配や袖《そで》の香《か》に、

源氏（内心）「昔よりは、大人になっておられるのだろうか」

と、思っている。

（読者として……「袖の香」は、香の入った唐櫃に入れていた、大弐の北の方［叔母］が置いて行った装束を着ているからです）

月の沈む頃になった。西側の妻戸の開いている所から、遮《さえぎ》る渡殿のような建物もなく、軒《のき》の端《つま》（軒先《のきさき》）も壊《こわ》れて残っていないので、月の光が、たいそう鮮《あざ》やかに射し込んで、辺りがはっきりと見える。

昔と変わらぬ室内の様子などは、草の生い茂った家の外観に比べると、優雅に見える。昔の物語に、塔《とう》を壊す人の話があったのを思い出し、姫君（末摘花）が昔のまま、ここで年月を過ごしていたことを思うと気の毒になる。ひどく引っ込み思案の性格ではあるものの、それでもやはり、上品であるところが奥ゆかしく思えてくる。

源氏（内心）「そういうところが忘れられず、労《いたわ》しく思っていたのに、この何年もの間、様々な

物思いを抱えているうちに、うっかり疎遠《そえん》になってしまっていた。その間、姫君は、『恨めしい』と思われていたのだろう」

と、思うと、いじらしくなってくる。

（読者として……源氏は、花散里の邸《やしき》を訪問する途中、末摘花の邸に立ち寄っていました。末摘花の邸を出ると、そのまま、花散里を訪ねたようです「澪標」［九］）

〈あの花散里も、際立《きわだ》つような、今風の美しさの華やいだ方ではない。末摘花から目を移して見るからか、それほどの差はないのであるが、欠点の多くは、目立たなかったようである〉

（読者として……花散里の人物像を思い描く時、名前の雰囲気から、美しく優雅な方を想像していましたが、紫式部は、さらりと、末摘花と同じような方であると伝えています）

［一三］

祭《まつり》（賀茂祭、葵祭《あおいまつり》）や斎院の御禊《ごけい》などのある頃で、「そのお支度《したく》に」と人々から献上される多くの品々を、源氏は、然《さ》るべきかぎり（関《かか》わりのある全ての女の方々）に配《くば》っている。中でも、この宮（末摘花）には細々《こまごま》と気を遣《つか》い、常陸宮邸をよく知る人々に命じて、召使《めしつかい》などを遣わし、蓬《よもぎ》を払わせ、見苦しい邸の周囲に、板垣《いたがき》というものを堅固《けんご》に作らせて、修繕させたりもしている。

もし、世間の人々から、「源氏の君が、姫君（末摘花）を探し出されたのだ」と噂されたならば、体裁《ていさい》も悪いので、自ら訪れることはない。しかし手紙には、たいそう丁寧に細々《こまごま》と書いている。自邸二条院の直ぐ近くに、邸（東院《ひがしのいん》）を造っていることを伝えて、源氏（手紙）「そこに、貴女を迎えるつもりです。お気に入りの童《わらべ》などを見つけて、仕えさせると良いです」

などと、召使のことまで気を配りながら世話をしている。

この蓬の生い茂る邸の姫君にとっては、身の置き所のないほどに有難いお話である。女房達も空を仰《あお》いで、源氏の住まいの方角に、お礼を申し上げているようである。

供人達「源氏の君は、仮初《かりそめ》の遊び事であっても、平凡で世間並みの女には目もくれず、聞き耳も立てない方だ。世間で、少しでも『この人は名高い』と思われている人の噂を耳にして、気になった場合には、探し求めることもあるが」

と、思っていた。ところが、この度《たび》は、打って変わって、何事につけても普通ではない様子の姫君を一人前に扱っているのである。どのようなお気持ちによるものなのだろうか。

〈これも、前世からの深い縁《えにし》によるものなのでしょうね〉

「もう我慢できない」と、常陸宮邸での暮らしを軽蔑して見限り、それぞれ先を競って散り散りに出て行った供人達が、身分の上下《かみしも》に拘《かかわ》らず、今度は、「我も我も戻ろう」と、争い出している。

姫君（末摘花）は、なんとも引っ込み思案で、内気過ぎるほどに人柄の良い方である。供人達は、その気安さに慣れていたので、特に立派でもない生半可《なまはんか》な受領などの家に仕《つか》えてみると、それまでに経験したことのないような、嫌な思いを味わっていた。それ故に、あっという間の変わり身で、舞い戻って来ているのだった。

源氏は、昔にも増して、権勢を振《ふ》るう身分となっている。他者の気持ちを思い遣ることもできるようになり、常陸宮邸にも細々と世話を焼いている。そのお陰で、邸内は明るくなり、だんだんと人の数も多くなっている。これまで、木や草の葉も、ただ生い茂るばかりで、ぞっとするほど気味悪く思えたが、遣水《やりみず》をさらい、前栽《せんざい》（植え込み）の根元《ねもと》などの手入れをして、風通しもよくなり、涼しい佇《たたず》まいとなった。

これまで、あまり信用されていなかった下家司《しもげいし》の中には、とりわけ、源氏に仕えることを望む者もいて、

下家司（内心）「源氏の君が、これほど心に留めて、思いを寄せておられる方のようだ」

と、見定めると、姫君のご機嫌《きげん》を窺《うかが》いながら、媚《こ》び諂《へつら》って仕《つか》えている。

［一四］

それから二年ほど、姫君（末摘花）は、この常陸宮邸で、ぼんやりと暮らし、その後、源氏の自邸二条院の別邸 東院《ひがしのいん》という所に移られた。源氏と姫君の対面は滅多《めった》にないものの、場所は近く、同じ敷地内なので、帰邸した際には、ちょっと覗《のぞ》くこともあって、決して軽んじた扱いはされていない。

〈「あの大弐の北の方（叔母）が上京した際に姫君の幸運に驚いた様子や、侍従が嬉しく思いながらも、当時、もう暫《しばら》く、辛抱《しんぼう》できなかった自分の思慮《しりょ》の浅さを恥ずかしく思っていた様子など、もう少し、問《と》わず語《がた》り（尋ねられもしていないのに語り出すこと）をしたいと思うところではあるけれども、この件については、ひどく頭も痛くなり、面倒《めんどう》で、億劫《おっくう》なので、また、何かの折に序《つい》でがあれば、お話することに致しましょう」とのことである〉

十六　関屋《せきや》

［一］

伊予介《いよのすけ》（空蟬《うつせみ》の夫）という人は、故院（源氏の父院）が崩御《ほうぎょ》された翌年、常陸介《ひたちのすけ》になり任国に赴《おもむ》いた。あの帚木《ははきぎ》（空蟬）も、伴《ともな》われて下って行った。

（読者として……この巻の物語は、源氏と空蟬の関係を中心に展開します。ここにきて、空蟬のことが帚木と表現されていることに、少し驚きながらも納得します。「帚木」の巻の後半から「空蟬」の巻は、源氏と空蟬の出会いと、その関係性を描く物語でした。「帚木」の巻末で詠《よ》み交《か》わされた歌の印象から、女性の名前は、帚木でも良いのではないかと感じていました。同一人物に、二つの名称を与えていたことが分かり、合点が行きました）

源氏が、京の都から須磨《すま》へ退去し、旅先で侘《わび》しい暮らしをしていることを、遥《はる》か遠くの地で耳にして、空蟬は、人知れず、源氏の身を心配しないはずはないのであるが、気持ちを伝える手立《てだ》てはなかった。筑波嶺《つくばね》の山を越えて吹く風にも、心の落ち着かない有様である。都からは、少しの便りさえもないままに、年月は過ぎて行った。

源氏の退去は、期日《きじつ》のない旅住まいであったが、やがて帰京することとなり、その翌年の秋、常陸介は帰京した。

常陸介一行が、逢坂《おうさか》の関《せき》に入る日、この殿《との》（源氏）も、石山寺《いしやまでら》に願《がん》はたし（お礼参り）の参詣《さんけい》に向かっていた。京から迎えに来た、あの紀伊守《きのかみ》などと呼ばれていた常陸介（伊予介）の息子「帚木」［一四］や、その他の人々が、

人々「殿（源氏）が、このように参詣されるようです」

と、伝えた。

常陸介（内心）「道中、さぞかし混雑するだろう」

と、思って、まだ暁《あかつき》の頃より、急いで出発した。ところが、一行は女車《おんなぐるま》が多く、道いっぱいにゆったりと進んでいたので、日も高く昇ってしまった。打出《うちいで》の浜《はま》までやって来た頃、

供人「殿は、粟田山《あわたやま》を越えられました」

と、知らせが入るや否《いな》や、常陸介一行が道を避《よ》ける間もないうちに、源氏一行の先払《さきばら》いの人々は、大勢やって来てしまった。常陸介一行は、関山《せきやま》（関所周辺の山地）で、皆、車から降りて、あちらこちらの杉の木の下に牛車《ぎっしゃ》を引き入れて牛をはずし、轅《ながえ》（牛車《ぎっしゃ》の前に長く突き出した二本の棒《ぼう》）を下ろした。木蔭《こかげ》に隠れるように座って、源氏一行をお通しする。

常陸介一行は、牛車などの一部の人々を、後《あと》から来させる者と、または、先に行かせる者などに分けて、分散させたが、それでもやはり、一族の人数は多いようである。車は十台ほどである。下簾《したすだれ》から、中に乗っている女達の袖口や襲《かさね》の色合いなどがこぼれ出て、見えている。その様子に田舎っぽさはなく、情趣がある。源氏は、斎宮が伊勢へ下向《げこう》する時か何かのような、物見車《ものみぐるま》を思い出している「賢木」［七］。

殿（源氏）にとっては、この世の栄華を極める身となってから、久々の外出であった。数え切れないほどの先払いの供人達が仕えている。通り過ぎながら、皆、この常陸介一行の女車に、目を止めていた。

九月晦日《ながつきつごもり》（九月末）のことであった。紅葉《もみじ》が様々な色に交《ま》じり合《あ》い、霜枯《しもが》れした草むらは、辺り一面、晩秋の風情で、しみじみとした光景が広がっている。

関屋（関所の番人小屋）から、さっと現れ出たような源氏一行の旅装束は、色とりどりの狩衣《かりぎぬ》で、それぞれに相応《ふさわ》しい縫物《ぬいもの》（刺繡《ししゅう》）や括《くく》り染《ぞめ》（絞《しぼ》り染《ぞめ》）の様は、秋の光景の中で、趣深く見える。

源氏の車は、簾《すだれ》を下《お》ろしたままであった。あの昔、小君《こぎみ》と呼ばれて、今は、衛門佐《えもんのすけ》となっている者（空蟬の弟）「帚木」［一四］を呼び寄せると、源氏（伝言）「今日、私が、逢坂の関まで、貴女《あなた》（空蟬）を出迎えに来ましたこと、お見捨てにはなれないと思うのですが」
などと、言って、伝えさせる。心の中では、たいそうしみじみと思い出すことも多いのであるが、周囲の目もあり、ありきたりの言伝《ことづて》で、甲斐の無いことであった。

女（空蟬）も人知れず、源氏との昔の思い出を忘れることができずにいたので、思い返して、しみじみとした思いになっている。

空蟬　**行《ゆ》くと来《く》とせきとめがたき涙をや絶えぬ清水《しみづ》と人は見るらむ**
（行く時も帰る時も［常陸への下向と帰京］、私は、堰《せ》き止《と》めることのできないほど、涙を流しています。絶えず湧き出る関の清水のように、貴方は思われるのでしょうか）
空蟬（内心）「私の気持ちを、君はお分かりにはならないだろう」
と、思うと、歌を詠んでも、甲斐の無い思いである。

（読者として……源氏と空蟬の逢坂の関での再会に、この物語を読んだ当時の人々は、この関にまつわる出会いと別れの古歌を思い浮かべたようです。「これやこの行くも帰るも別れては知るも知らぬも逢坂の関（蟬丸）」

　空蟬と蟬丸。「蟬」のつながりには、筆者紫式部が物語に投影した遊び心まで、想像してしまいます）

［二］

源氏は石山寺に籠《こも》っていた。数日後、京の都へ出立する際、衛門佐《えもんのすけ》が迎えに参上した。先日、逢坂の関で遭遇した際、そのまま通り過ぎたことなどをお詫び申し上げている。

昔、源氏は、衛門佐（小君《こぎみ》）を童《わらわ》（召使の子供）としてたいそう可愛がっていた。衛門佐は、冠《かうぶり》（五位に叙せられること）を得るまでに恩恵を被《こうむ》っていたにも拘《かかわ》らず、思いも掛けぬ世の騒ぎ（父院の崩御による時勢の変化）となった際、世間の評判を憚《はばか》って、常陸《ひたち》（姉空蟬の夫の任国）に下向したのである。源氏は、それを不満に思い、数年来、心に隔てを置いていたが、そのことは、少しも顔色にも出さない。昔と同じ様ではないものの、それでもやはり、親しい家人《いえびと》の中の者として、人数《ひとかず》に加えていた。

紀伊守《きのかみ》（常陸介の息子、空蟬は継母）と呼ばれていた者は、今では河内守《かわちのかみ》となっているのであるが、一方で、その弟右近将監《うこんのぞう》は、当時、右大臣勢力から解任されたことで、源氏に同行して須磨に下向していた「須磨」［七］。それ故に、源氏は、格別な扱いをして引き立てている。右大臣勢力に靡《なび》いた誰もが、その様子を見ると、身に染みて、人々「どうして、あの時、自分は、時勢におもねってしまったのだろう」

などと、後悔していた。

（読者として……「後悔している人々」とは、特に、衛門佐と河内守のことです）


源氏は、佐《すけ》（衛門佐）を呼び寄せて、空蟬への手紙を渡した。

衛門佐（内心）「今となっては、姉君（空蟬）のことをお忘れになってもよさそうなのに、長く変わらぬお気持ちであることよ」

と、思っていた。

源氏（手紙）「先日は、逢坂の関でお会いして、宿縁を感じました。貴女もそのように思われたでしょうか。

わくらばに行《ゆ》きあふみちを頼みしもなほかひなしやしほならぬ海
（偶然にも行き逢ったのは近江路《おうみじ》でした。逢《あ》う道《みち》ですから、その名を頼もしく思いましたが、やはり甲斐《かい》の無いことでした。貝《かい》の棲《す》む塩《しお》の海ではなく、琵琶湖《びわこ》ですから）

関守《せきもり》のような人（空蟬の夫常陸介）を、本当に羨《うらや》ましく思い、不愉快にもなりましたよ」

と、書かれてある。さらに、
源氏（伝言）「長年のご無沙汰で、気恥ずかしくもなりますが、心の中では、いつも貴女（空蟬）を思っていました。たった今、お会いしていたかのような気持ちになるのが癖となっています。『好色めいている』と、ますます嫌われてしまいそうですが」

と、言って渡すと、衛門佐は、畏れ多く思いながら、姉空蟬のもとへ持って行った。

衛門佐「姉君、やはりお返事をして下さい。源氏の君は、私を疎《うと》んじておられると思っておりましたが、昔と変わらず、優しいお心遣いをして下さり、有難い気持ちになりました。姉君には夫君もおられて、このような遊《すさ》び事《ごと》は無用であるとは思いますが、私には、きっぱりとお断りするようなことは出来ません。姉君は女の身ですから、情《なさ》けに負けてお返事をしても、その罪《つみ》は赦《ゆる》されるでしょう」

などと、言う。

空蟬は、今となっては、ますます、たいそう恥ずかしく、何もかもが決まりの悪い思いである。しかし、源氏からの久しぶりの便りに、我慢することができなかったのだろう。

空蟬「**逢坂《あふさか》の関《せき》やいかなる関なれば繁《しげ》きなげきの中をわくらん**

（逢坂《おうさか》の関《せき》とは、どのような意味の関所なのでしょう。生い茂《しげ》る木々の中を分《わ》け入って、絶え間なく嘆きの湧《わ》く所なのでしょう）

夢を見ているような心地です」

と、返事をした。

〈源氏は、相手（空蟬）への愛しさも、恨めしさも、忘れぬ事柄として記憶する人なので、「折々には、やはり便りをして、相手の心を揺らしている」とのことである〉

［三］

こうしているうちに、この空蟬の夫常陸守《ひたちのかみ》は、年老いたせいか病《やまい》がちになり、心細い思いをしていた。子供達に、ただもう、この君（空蟬）の身の上だけを心配して、遺言している。

（読者として……常陸《ひたち》は、今の茨城県《いばらきけん》。上総《かずさ》（千葉県）、上野《こうずけ》（群馬県）とともに、親王の任国と定められ、親王は太守《たいしゅ》と呼ばれていました。親王は遙任《ようにん》で赴任《ふにん》せず、実務を代行する「介《すけ》」を、俗に「守《かみ》」と呼んだようです）

常陸守「万事《ばんじ》、ただもう、この君（空蟬）のお気持ちにだけ従って、私の生前《せいぜん》と変わることなく仕えるように」

と、それだけを、明けても暮れても言っていた。

空蟬（内心）「不運ばかりの人生であったが、この人（常陸守）にまで先立たれたならば、どのように零落《おちぶ》れて、路頭《ろとう》に迷うことになるのだろう」

と、思い嘆いている。常陸守は、空蟬の悲しむ姿を見ながらも、人の命は限りあるもので、惜《お》しんだところで、どうにもならない。常陸守（内心）「どうにかして、この人（空蟬）のためにも、この世に残す魂が欲しいものだ。我が子供達の気持ちも、この先、どうなるか分からないのだから」と、気掛《きが》かりで、悲しくてたまらず、口にもするが、思い通りになるものではなく、亡くなってしまった。

暫《しばら》く、息子達は、故父常陸守の遺言を守り、情けがあるように振る舞ってはいたものの、それは上辺《うわべ》ばかりのもので、空蟬にとっては辛いことが多かった。結局は、それが世《よ》の道理《ことわり》（継子《ままこ》が継母《ままはは》を疎《うと》ましく思うこと）と思い、我が身一つの悲しい運命として嘆きながら、日々を過ごしていた。

ただ、この河内守《かわちのかみ》だけは、昔から空蟬に恋心を抱いていたので「帚木」［一六］、少し、その気を見せるのだった。

河内守「故父常陸守が、情け深い遺言を残しております。私は、人数《ひとかず》にも入らぬ頼りない者ではありますが、疎ましく思われませぬように」

などと、媚《こ》び諂《へつら》って、近寄って来る。まったく、呆《あき》れた下心《したごころ》が分かるので、空蟬（内心）「辛い宿命の我が身の上であるから、このまま生き長らえていたら、挙句《あげく》の果《は》てには、とんでもないこと（継母への恋慕《れんぼ》）まで、聞かされることになるかもしれない」と、人知れず思い至り、誰にも打ち明けることなく、出家して、尼になってしまった。

仕えている女房達は、

女房達「取り返しのつかぬことをされてしまって」

と、思い嘆いている。

河内守も、たいそう恨めしく、

河内守「私を嫌うあまりに、出家されたのだろうが、残りの齢《よわい》（寿命《じゅみょう》）も、まだ長いのに、これから、どのように暮らして行かれるおつもりか」

などと、言っている。

〈それについて、世間の人々は、「あいなのさかしらや（どうしようもなく、お節介《せっかい》なこと）」などと、噂しているようである〉

あとがき

『源氏物語』を読む時、いつも気持ちの切り換えをして、現代社会の価値観を、持ち込まないように心掛けています。

千年前の、平安京で生きる紫式部。『源氏物語』は、「いつの時代のことか、はっきりしない物語」。私の、まったく知らない世界を、見に行くような、旅をする感覚です。

物語の中で、すべての登場人物は、いつも生きて、生活しています。その世界について、思考と感性を巡らせ、想像することは、とても大事であると感じます。

当時の牛車《ぎっしゃ》は、現代の高級自動車。速度の違いを想像することは、物語の中を流れる時間に、身を置くためにも大事なことです。

紫式部にとって、「物語」は、「物事の真実を語ること」。後世の我々に、人間として「生きる意味」を、伝えたかったのだと思います。

『源氏物語』を読む上での、私の最終的な目標は、原文を音読しながら、言葉の意味を体感し、描かれた物語世界を、味わい尽くすことです。

紫式部が、言葉に込めた意味の深さに気付く時、圧倒《あっとう》され、視点の鋭い「眼《まなこ》」と、筆の力量を感じます。複雑な人間心理を、どこまで言葉で表現できるのか。挑戦にすら感じます。花鳥《かちょう》風月《ふうげつ》。自然に、時の流れや感情を重ねる表現力は、物語世界を膨《ふく》らませ、読者として、現代の日常生活を無意識にも重ね、無限に、自由に、心の視野の広がる楽しみでもあります。

時空を超えた壮大《そうだい》な旅。「千年の時を超えて」、その感覚を、皆様にお伝えし、歴史、文化、言語……、楽しみながら、対話の広がりに繋《つな》がることを、願う思いでおります。

『源氏物語五十四帖』。紫式部の「心の宇宙の物語」。果てしない旅ではありますが、今後とも、お付き合い頂けましたら、幸いでございます。

二〇二一（令和三）年十二月

現代語訳者　月見よし子

〈参考文献〉

阿部秋生・秋山虔・今井源衛・鈴木日出男・校注・訳『源氏物語①〜⑥』（新編日本古典文学全集二〇〜二五 小学館 一九九四〜一九九八。ただし使用したものは①〜⑤は二〇〇六、⑥は二〇〇四）
新村出編『広辞苑 第五版』（岩波書店 一九九八）
鈴木一雄・外山映次・伊藤博・小池清治編『全訳読解古語辞典 第三版小型版』（三省堂 二〇一一）

〈訳者紹介〉

月見よし子（つきみ よしこ）

1969（昭和44）年　奈良県生まれ。

本名　加藤美子。

京都府立洛北高等学校卒業。慶應義塾大学法学部政治学科卒業。

文化服装学院服飾専門課程服飾研究科卒業。

カルチャーセンター講師（著者と歩む『源氏物語』）担当。

独学で「源氏物語原文分解分類法」（色鉛筆による言葉の色分け読解法）を考案。

紫式部が、「思考と感性」の力で言葉の限りを尽くし、この世の全てを表現することに挑んだ『源氏物語』。その「情熱と孤独」に感銘を受け、原文の読解をライフワークにしている。

〔著書〕

『源氏物語原文分解分類法　心の宇宙の物語　千年の時を超えて』

（幻冬舎メディアコンサルティング刊）

『源氏物語54帖　紫式部の眼《まなこ》』（幻冬舎メディアコンサルティング刊）

『源氏物語五十四帖現代語訳　紫式部の物語る声［一］』

（幻冬舎メディアコンサルティング刊）

『源氏物語五十四帖現代語訳　紫式部の物語る声［二］』

（幻冬舎メディアコンサルティング刊）

源氏《げんじ》物語《ものがたり》五十四帖《ごじゅうよんじょう》　現代語訳《げんだいごやく》

紫式部《むらさきしきぶ》の物語《ものがた》る声《こえ》　［三］

花散里《はなちるさと》・須磨《すま》・明石《あかし》・澪標《みおつくし》・蓬生《よもぎう》・関屋《せきや》

2023年12月15日　第1刷発行

原　作　　紫式部
訳　者　　月見よし子
発行人　　久保田貴幸

発行元　　株式会社 幻冬舎メディアコンサルティング
〒151-0051　東京都渋谷区千駄ヶ谷4-9-7
電話　03-5411-6440（編集）

発売元　　株式会社 幻冬舎
〒151-0051　東京都渋谷区千駄ヶ谷4-9-7
電話　03-5411-6222（営業）

印刷・製本　中央精版印刷株式会社
装　丁　　都築 陽

検印廃止

ISBN 978-4-344-69023-3　C0095
幻冬舎メディアコンサルティングＨＰ
https://www.gentosha-mc.com/